CW00827988

www.supernature-forum.de

Blah Blah Fishcake

Jochen Zuber

ISBN: 9 783 738 658 507

Herstellung und Verlag:

BoD - Books on Demand, Norderstedt

Bibliografische Information der Deutschen Nationalbibliothek:
Die Deutsche Nationalbibliothek verzeichnet diese Publikation in der DeutschenNationalbibliografie; detaillierte bibliografische Daten sind im Internet über http://dnb.dnb.de abrufbar.

INHALTSVERZEICHNIS

Da bin ich wieder

Schön, dass Sie auch wieder da sind. Falls Sie nicht wissen, wovon ich spreche, begrüße ich sie ganz herzlich zum Erstkontakt mit meinen Geschichten. Stammleser, die mein bisheriges Gesamtwerk ("Es hat ja keiner behauptet, das Leben sei einfach") schon gelesen haben, mögen mir verzeihen, dass ich einige Einleitungsworte an die Erstleser verliere.

Die Geschichten meiner Bücher basieren, bis auf sehr wenige Ausnahmen, die an der sprichwörtlichen einen Hand abzuzählen sind, auf wahren Begebenheiten. Manche sind etwas weiter vom tatsächlichen Geschehen entfernt, bei anderen könnte es sich, bei angepasster Wortwahl, um eine unter Eid erstellte Zeugenaussage handeln. Allesamt führen sie uns (also mir nicht mehr, ich weiß ja Bescheid) vor Augen, wie nahe am Abgrund des Wahnsinns die Menschheit schon steht. (Ende der Kurzeinleitung)

Festzulegen, wann genau die Menschheit nun aus purer Dummheit ausstirbt, fällt mir schwer. Aber selbst wenn es überraschend schnell ginge, sollten wir uns mit einem Lächeln aus dem Universum verabschieden.

Und genau darauf ist auch diese zweite Sammlung meiner kurzen Geschichten ausgerichtet. Ich will Sie zu einem Lächeln provozieren. Und ja, das sage ich an dieser Stelle in aller Deutlichkeit, ich nehme dabei auch billigend in Kauf, dass daraus an der einen oder anderen Stelle ein Lachen wird.

Also tun Sie uns beiden einen Gefallen und entspannen Sie Ihr Gesicht, lassen Sie es einfach geschehen. Sollte sich am Ende des Buches noch immer kein Lächeln auf Ihr Gesicht geschlichen haben, dann denken Sie sich bitte eine aufrichtige Entschuldigung meinerseits.

Ich wünsche Ihnen gute Unterhaltung!

Katzen

Ich habe an anderer Stelle bereits einmal erwähnt, dass ich nicht unbedingt ein Tiernarr bin. Gleichzeitig bin ich aber auch kein Tierhasser. Ich denke unsere gefellten, geschuppten oder geflügelten Freunde haben durchaus auch ihre Daseinsberechtigung auf unserem netten kleinen Planeten. Wobei der ja nun wirklich nicht so klein ist und deshalb den Tieren als auch mir so viel Lebensraum bietet, dass wir einigermaßen gut aneinander vorbei kommen.

Unter normalen Umständen. Verliebt man sich allerdings in eine ausgesprochene Tierfreundin und bezieht sich deren Begeisterung vor allem auf Katzen, dann gestaltet sich das mit dem aneinander vorbeikommen schon deutlich diffiziler. Um genau zu sein funktioniert es nicht. Gar nicht. Schließlich dringe ich in deren Revier ein und wie Katzen nun mal so sind, nehmen sie nicht im Geringsten Rücksicht auf einen Eindringling, scheuen sich aber gleichzeitig nicht ihn für ihre Zwecke einzuspannen.

Zwei Katzen hat mein Liebling und es sind spezielle Katzen, um es einmal vorsichtig zu formulieren. Rückblickend frage ich mich ernsthaft, ob Katzen in Wirklichkeit nicht hochintelligent sind und sich nachts in die Tatze lachen, weil sie die doofen Menschen wieder kräftig an der Nase herumgeführt haben. "Die doofen Menschen" bezieht sich in diesem Fall auf mich.

Aber zunächst einmal ein paar grundlegende Informationen. An einer Seite des Hauses gibt es eine Katzenleiter, über die die Katzen auf die Terrasse und von dort durch eine Katzenklappe in die Küche gelangen. Dort steht im Regelfall ein Napf mit Trockenfutter und allmorgendlich bekommen die Katzen das Frühstück in getrennten Näpfen. Einen speziellen Schlafplatz haben die Katzen nicht, sie legen sich einfach dorthin, wo es ihnen passt.

Die eben erwähnte Katzenleiter wird allerdings nur im äußersten Notfall verwendet. Im Regelfall lauern die Katzen an einem strategisch guten Platz und warten auf einen menschlichen Türöffner. Nähert sich jemand, zum Beispiel ich, springen sie aus ihrem Versteck und rennen auf die Haustüre zu. Dabei entwickeln sie eine fast unheimliche Perfektion darin, das Tempo genauso zu wählen, dass es ihnen spielendleicht gelingt genau dort zu sein, wo man, also ich, den nächsten Schritt vollenden möchte. Und so wird jede Annäherung an die Haustüre zum Hindernislauf mit beweglichen Hindernissen.

Hat man die Türe dann erreicht ohne sich durch plötzliche Ausweichmanöver eine Zerrung zuzuziehen und benötigt dann ein paar Sekunden um zu Atem zu kommen, sieht einen die Katze schon vorwurfsvoll an. Und nicht einfach nur wegen der unnötigen Verzögerung bis man endlich aufgeschlossen hat. Nein, ich meine darin auch den wenig subtilen Vorwurf herauszulesen, dass man überhaupt viel zu spät da sei, weil die Katze schließlich schon lange in die Wohnung wollte. Auf meine diesbezügliche Frage, weshalb sie denn nicht einfach die Katzenleiter nähme, habe ich indes bis heute keine Antwort erhalten.

Ein zwar nicht regelmäßig belegter aber dennoch häufig gewählter Schlafplatz der Katzen ist am Fußende des Bettes. Unseres Bettes. Dafür liegt extra eine Katzendecke dort. Auf der Seite meiner Frau versteht sich, schließlich ist sie ein Stück kleiner als ich wodurch sich automatisch Platz ergibt. Solcherlei logischen Überlegungen verweigert sich der Vierbeiner leider. Wie eingangs angesprochen wird behauptet, Katzen seien einfach nicht in der Lage solche Probleme zu verstehen. Ich glaube, sie wollen einfach nicht. Und so liegt der wandelnde Haarausfall weder auf der Katzendecke noch auf der richtigen Seite.

Anfangs versuchte ich es noch im Guten. Ich strich die Katzendecke glatt und klopfte aufmunternd darauf, um der Katze den Stellungswechsel schmackhaft zu machen. Und tatsächlich, nach knapp zehn Minuten erhob sie sich gemächlich, streckte sich, kam herüber, schaute sich die Sache eingehend an und legte sich wieder hin. Aber nicht etwa auf der Katzendecke, sondern am vorherigen Platz. Es blieb mir also nichts anderes übrig als der Katze den Ernst der Lage deutlich zu machen. Ich legte einen drohenden Unterton in die Stimme und erhob warnend den Zeigefinger, während ich erklärte wo der Katze Platz ist.

Und meine Stimme bewirkte wohl auch tatsächlich etwas. Offensichtlich unter großer Anstrengung gelang es der Katze ein Auge zu öffnen und meinen Zeigefinger zu erkennen. Nicht dass das etwas geändert hätte, aber immerhin hatte sie mich bemerkt. So blieb mir also nur die Anwendung körperlicher Gewalt. Vorsichtig nahm ich die Katze und legte sie sanft auf ihren Platz. Und für ein paar Sekunden blieb sie auch liegen. Um dann wieder aufzustehen und das Zimmer zu verlassen. Und ich könnte schwören sie hat dabei die Augen verdreht. Egal, wenigstens war das Bett frei und ich konnte mich entspannt hinlegen und einschlafen. Zumindest bis die Katze einige Minuten später wieder auftauchte und es sich zwischen meinen Füssen bequem machte.

Auch Hauskatzen, ich wusste das übrigens nicht, jagen Mäuse und Vögel. Weniger allerdings um sie zu essen, sondern als Geschenk für Herrchen und Frauchen. Es empfiehlt sich deshalb beim nächtlichen Gang zur Toilette das Licht einzuschalten. Glücklicherweise wurde ich dahingehend vorgewarnt und konnte so unappetitlichen Geschenken ausweichen. Aber liegen lassen kann man die toten Nager ja auch nicht. Solcherlei Aufräumarbeiten haben aber auch ihre guten Seiten. Ich war wieder um ein Argument reicher, das ich anwenden konnte, wenn mein Sohn plötzlich wieder mal auf den Gedanken kam, ein Haustier haben zu wollen.

Wie schon beschrieben gibt's für die Katzen spezielles Frühstück. Das muss im Vergleich zum Trockenfutter so lecker sein, dass die Tiere morgens schon mit den Krallen trommelnd vor der Schlafzimmertüre sitzen und vorwurfsvoll schauen. Auf dem Weg zur Küche wird dann wieder versucht, den Menschen zu Fall zu bringen, in dem man zu zweit den Weg kreuzt, das Tempo ändert und plötzlich die Spur wechselt. Wenn man dann das Essen nicht schnellstens im Napf hat, kann man die bohrenden Blicke förmlich spüren.

Einige Zeit lang habe ich mich gewundert, dass eine der Katzen morgens trotz aller freudigen Erwartung doch keinen Appetit zu haben schien. Bis ich eines Tages darüber aufgeklärt wurde, dass nur eine der Katzen gerne Fisch, Fleisch oder Hühnchen mag. Die andere indes sei Vegetarier.

Aber das ist längst nicht alles. Bislang dachte ich immer, nur Frauen seien speziell, aber das gilt auch für Katzen. Eine davon trinkt Wasser nämlich nur wenn's frisch ist. Frisch in den Napf oder gerne auch frisch ins Waschbecken im Badezimmer. Es war ein spezieller Moment für mich als ich erstmalig auf der Toilette saß und die Katze direkt neben mir auf den

Waschtisch sprang, die Schnauze nur wenige Zentimeter neben meinem Gesicht. Da ich nicht reagierte wollte sich das Tier einschleimen und mein Gesicht abschlecken, was ich dankend ablehnte.

Und dann war da wieder dieser Blick, der mir unmissverständlich mitteilte, dass jetzt Schluss mit lustig sei und die Katze auch andere Saiten aufziehen könne. Um zu vermeiden, dass mich das Tier in einer Situation angreift, in der ich naturgemäß wehrlos bin, tat ich ihr den Gefallen und ließ etwas Wasser ins Waschbecken. Vielleicht hätte ich es aber riskieren sollen, doch noch ein paar Sekunden zu warten bis ich fertig war. Nachdem ich das Wasser nämlich wieder abgestellt hatte, dreht sich die Katze um und trank. Was dazu führte, dass jetzt die andere Seite der Katze nur wenige Zentimeter von meinem Gesicht entfernt war.

Inzwischen habe ich übrigens auch herausgefunden, weshalb die Katzen lieber durch die Haustüre als durch die Katzenklappen hereinkommen. Sie sind einfach zu fett um locker durchzuspringen und nehmen den bequemeren Weg. Und so bleiben sie denn auch konsequenterweise draußen oder drinnen nur Zentimeter von der Katzenklappe entfernt sitzen und warten bis man ihnen die Terrassentüre öffnet. Aber nicht mit mir, wenn man das einreißen lässt, dann macht man sich zum Sklaven der Haustiere. Und das passiert mir sicher nicht.

Ich würde liebend gerne noch weiterplaudern, aber das Waschbecken ist schon wieder leer und ich muss noch Joghurt für die Vegetarierin kaufen.

Schade eigentlich

Es gibt verschiedene Theorien darüber, wie das Ende der Menschheit aussehen mag, dass es zu Ende geht, scheint indes festzustehen. Die gute Nachricht: Wir werden nicht durch einen Atomkrieg oder eine Seuche sterben. Die Schlechte: Werden wir nicht rechtzeitig durch einen Meteoriteneinschlag ausgelöscht, sterben wir einfach aus. Wegen Dummheit.

Humor ist, wenn man trotzdem lacht. Sonst kämen einem nämlich die Tränen ob der Allgegenwärtigkeit des geistigen Verfalls. Für diese Feststellung bedarf es keinerlei Beweise mehr, ihr Wahrheitsgehalt liegt auf der Hand. Für die These, es gebe kein intelligentes Leben auf der Erde, gibt es allerdings eine derart große Zahl an Belegen, dass es sich durchaus lohnt, den einen oder anderen davon einmal unter die Lupe zu nehmen.

Selbstverständlich ist im Zuge der vollständigen Verdummung die zentrale Rolle den Medien zugedacht. Es wäre allerdings falsch ihnen die alleinige Verantwortung dafür zuzuschreiben. Wer nämlich ein Buch liest oder ein Gesellschaftsspiel spielt, kann der TABD (Television Aided Brain Damage) entrinnen. Viele Vertreter der Gattung Mensch sind dazu aber evolutionsbedingt nicht in der Lage. Sie setzen sich vor den Fernseher und sehen sich an, wie ein Bauer eine Frau sucht, zwei Männer ihre Frauen tauschen oder merkbefreite Kids den Affen machen, um eventuell Superstar zu werden.

Letzteres bezieht sich auf die allseits beliebten Casting-shows. Sie stehen den Nachmittagstalkshows in der Umsetzung des Konzeptes "Freakshow" kaum nach. Nur naive Menschen glauben, es ginge dabei darum, den besten Sänger oder die beste Girlie-Band zu finden. Tatsächlich geht es darum möglichst viele talentfreie Interessenten zu finden, die zur Belustigung des Zuschauers den Freak geben. Und man muss ebenso naiv sein, wenn man glaubt, es ginge bei diesen Sendungen immer mit rechten Dingen zu. Es ist schlicht unwahrscheinlich (im mathematischen Sinne), dass es so viele junge Menschen geben soll, deren Umfeld nicht verhindert, dass sie sich der Lächerlichkeit preisgeben.

Den (Achtung Paradoxon!) geistig intakten Zuschauern dieser Shows fällt auf, dass es zwei Gruppen von Castingmitwirkenden gibt.

Da sind zunächst die Sänger. Sänger bezeichnet in diesem Zusammenhang einfach jemanden der singt. Völlig wertungsfrei und das ist auch gut so. Die Sänger glauben tatsächlich daran singen zu können und sind mit vollem Einsatz bei der Sache. Mehr schlecht als recht, aber sie sind echte Teilnehmer in einem Wettbewerb (man beachte die Stellung des Wortes echt!).

Die andere Gruppe, hier kurz Freaks genannt, nimmt nur pro forma am Casting teil. Sie erfüllen mehrere Funktionen und erhalten dafür, so meine unbewiesene Vermutung, eine angemessene Vergütung.

Der typische Castingshowzuschauer ist scharf auf Freaks. Wo man früher auf Jahrmärkten noch Eintritt in bar entrichten musste, um den Mann mit den zwei Köpfen zu sehen, bezahlt man heute Fernsehgebühren um Menschen mit halbem Gehirn zu sehen.

Im Vordergrund solcherlei Sendezeitverschwendung steht natürlich der Kontrast. Freaks werden sorgfältig ausgesucht und nur genommen, wenn sie neben fragwürdigem Äußeren, absonderlicher Macken oder Wahrnehmungsstörungen auch völlig untalentiert sind. Diese Eigenschaft ist besonders wichtig, damit die Gruppe der Sänger etwas aufgewertet wird. Normalerweise kommen die Freaks nicht sonderlich weit, aber keine Regel ohne Ausnahme. Und so werden von Zeit zu Zeit auch Freaks in die Folgesendungen übernommen. Ein Appell an das Mitleid der Zuschauer, die sich freuen, dass "auch solchen Leuten" eine Chance gegeben wird. Damit muss allerdings rechtzeitig Schluss sein, schließlich muss das Endprodukt ja hochglanzvermarktbar sein. In diesem Zusammenhang dürfte die Annahme schwer zu widerlegen sein, dass gute Sänger, die auf Sandalen und Strickponcho nicht verzichten wollen, schnell rausgeworfen werden.

Die Gruppe der Sänger ist anders. Da wird derart gespachtelt und verputzt, dass nach der Show die Malerfirmen Schlange stehen, weil das die Gelegenheit ist, an junge Fachkräfte zu kommen. Bei aller Professionalität stellt sich allerdings die Frage, ob neben den fachlichen Fähigkeiten der Gesichtsveränderung nicht auch das Material sorgfältiger ausgewählt werden müsste. Mein Verdacht: Die Schminke der weiblichen Mitwirkenden ist minderwertig. Masse statt Klasse. Mehrfach grundiert und lackiert sind die Gesichter zwar, aber wasserfest scheint das Zeug dennoch nicht zu sein. Dabei wäre das dringend nötig, so oft wie in den sorgsam einstudierten Tränenphasen geweint wird; weil man weitergekommen ist, weil man nicht weitergekommen ist, weil jemand anderes weiter gekommen ist oder weil jemand anderes nicht weitergekommen ist. Und wenn man den Mädels dann zuschaut, wie sie beim Wegwischen der Tränen krampfhaft versuchen, die Wimperntusche nicht zu verwischen, dann könnte man sogar richtig Mitleid bekommen.

Nicht mit den Teilnehmern. Die haben es ja so gewollt. Nein, das Mitleid muss jenen gelten, die machtlos vor dem Fernseher sitzen und stundenlang ausharren, nur um sicher zu gehen, dass man "die Entscheidung" auch wirklich mitbekommt. Dieser innere Zwang ist so stark, dass der quälende

Schmerz der überfüllten Blase ignoriert und jede noch so peinliche Verzögerungstaktik seitens der Moderatoren einfach akzeptiert wird.

Mitleid aber auch mit den Regisseuren, die dereinst den Traum hatten, den Zuschauer mit raffinierten Einstellungen und rasanten Schnitten vor dem Gerät zu fesseln und nun dazu verdammt sind, minutenlang zwischen dummgespannten Gesichtern der Kandidaten und scheinmitfühlenden Gesichtern der Moderatorendarsteller hin und her zu blenden. Stoff für ein weiteres Dokusoapdrama mit dem Titel "Castingshowregisseur - Ein Mann zerbricht an einem Traumjob". Oder so ähnlich.

Noch schlimmer, und damit auf der Skala der Sinneswahrnehmungen deutlich im Bereich des Unerträglichen, ist die Sendereihe "Frauentausch". Ich habe ein einziges Mal eine komplette Folge dieser Ressourcenvergeudung angeschaut. Danach habe ich mich geschämt. Viel hatte damals nicht mehr gefehlt und ich hätte mich mit einem entsprechenden Schild um den Hals auf den Marktplatz gestellt, um mich wahlweise belächeln oder beschimpfen zu lassen. Ich hätte auch Kinder akzeptiert, die mir aus lauter Spaß an der Freude gegen das Schienbein treten. Ich hätte es verdient gehabt.

Kurz zum Prinzip dieser Abwandlung der Freakshow. Es werden aus einer beliebig großen Zahl von Haushalten diejenigen gewählt, die sich maximal unterscheiden (es geht wie bei den Castingshows wieder um den Kontrast). Die Frauen dieser Haushalte nehmen dann für eine bestimmte Zeit die Position der jeweils anderen ein. Da kommt dann mal eine Emanze zum Extrem-Macho oder die Tunte zum Musikantenstadel-Fan. Gerne mal garniert mit einem deutlichen Gefälle des Einkommens, deutlich unterschiedlicher Kinderzahl oder merklich anderer Auffassung von Sauberkeit und Ordnung. Je geringer die Gemeinsamkeiten, desto besser.

Die Frauen werden dann bei ihrem ersten Rundgang im neuen Zuhause mit der Kamera begleitet. Es finden sich in der Regel dann schon Botschaften auf kleinen Zetteln, die besagen, wo der Gast schlafen kann, wie oft was gefüttert, geputzt oder erledigt werden muss und so weiter. Normalerweise freut sich der Fan solcher Sendungen (hatte ich schon erwähnt, wie ich mich geschämt habe?) natürlich schon bei der Vorstellung der Hauptpersonen auf böse Streits und rührende Hilferufe Richtung eigener

Familie. Wenn dann in einer offensichtlich schmuddeligen Küche eine Nachricht hängt, wonach auf jeden Fall sorgfältig (unterstrichen, in Großbuchstaben) geputzt werden soll, kann der Fan kaum noch an sich halten und japst schließlich vor Glück, wenn die Gastfrau dann noch eine sarkastische, wohlformulierte und mit tollem Wortwitz geschmückte Antwort darauf bereithält. Zum Beispiel sowas wie "Ja, das sieht man!".

In den folgenden Minuten sieht man entweder eine starke Frau, die dem Tauschmann derart Feuer unterm Arsch macht, dass der Zuschauer (oder vermutlich eher die Zuschauerin) begeistert aufschreit, in der festen Überzeugung, eine solche Standpauke hätte der eigene Mann auch mal verdient. Oder die schwache Frau, die unter der Last des faulen Tauschmannes und der unter Terrorismusverdacht stehenden Tauschkinder fast zusammenbricht und die Zuschauerin vor dem Fernseher mitleiden kann. Das Schöne an diesen Formaten ist jedoch, dass es nicht nur diese beiden Zuschauergruppen bedient. Die Frau zu Hause könnte sich auch denken, was sie einer Tauschfrau erzählen würde, wenn sie ihrem guten und lieben Mann das Leben so schwer macht. Und andere Frauen könnten sich denken, was das für Weicheier sind, nur weil sie mal was Neues bewältigen müssen.

Wieder andere erröten vor Scham, weil die Sendung von einer Peinlichkeit in die andere abgleitet. So wie ich. Aber habe ich es geschafft, einfach umzuschalten? Nein, die pure Unfassbarkeit dessen, was sich auf dem Bildschirm abspielte, hielt mich gefangen. So wie ein Unfall mit 23 Toten oder die großen Waldbrände, die Los Angeles bedrohen. Und so kommen dann die kaum noch erträglichen Videobotschaften, die die Familien aus der Heimat schicken. Da kamen sogar mir die Tränen. Allerdings nicht wegen der Gefühlsduselei, währenddessen die Frau immer schön auf das antwortet, was die Kinder im Video fragen, sondern viel mehr weil es meine Augen nicht gewöhnt sind, über mehrere Minuten vor Schreck aufgerissen zu verharren.

Ursache und Wirkung

Es war einmal ein Tankstellenbetreiber, dessen Tankstelle nicht nur ganz tolles Benzin anbot, sondern auch Autowäschen von besonderer Güte. Ein Autofahrer, der sich, aufgefordert durch in Staub und Dreck geschriebene Sätze wie "Wasch mich, Du Sau!", dort einfindet, kann vor der lackschonenden Automatikwäsche selbst Hand anlegen und mittels einer Druckwasserpistole sein Vehikel von hartnäckigen Verschmutzungen befreien, die die sanft streichelnden Softlappen der Autowaschanlage möglicherweise nicht zu lösen vermögen.

Nun hat diese Druckwasserreinigungsanlage an besagter Tankstelle ein klitzekleines Problem mit dem klitzekleinen Überdruckventil. Letzteres funktioniert nämlich nicht. Da ein Austausch teuer ist, hilft sich der clevere Tankstellenbesitzer mit einem originellen, ja fast genialen Kniff. Tagsüber spielt das defekte Ventil keine Rolle, da durch intensive Nutzung immer wieder Druck abgebaut wird. Nicht so des Nachts, wenn die Anlage aus Sorge um der Nachbarn Schlaf nicht in Betrieb ist.

Unser cleverer Tankwart hat festgestellt, dass man auch Druck ablassen kann, wenn man den Abzug der Druckwasserpistole durchzieht, ohne zuvor einen Euro in den dafür vorgesehenen Schlitz zu stecken. Auf diese Weise erlaubte er dem unter Druck stehenden Wasser in geringen Mengen die Anlage zu verlassen und so den Druck nicht weiter ansteigen zu lassen. Einfach und genial. Bereits nach der ersten Nacht überdachte unser Tankwart die Umsetzung seiner Idee aber nochmals, schließlich hätte er lieber den Tatort angesehen und gerne noch ein wenig geschlafen, statt die ganze Nacht nur wegen des defekten Ventils mit der Druckwasserpistole hinter der Tankstelle zu stehen und den Abzug zu betätigen.

Die Lösung war sogar noch etwas genialer als die ursprüngliche Idee. Er steckte die Pistole ins Halfter, das aus einem in einem 45°-Winkel an der Wand angebrachten Kunststoffrohr besteht und klemmte eine zufällig in der Nähe liegende Abdeckkappe unter den Abzug. Auf diese Weise fungierte die Pistole als Druckablassventil und der Tankstellenbetreiber konnte abends wieder in Ruhe seinen Feierabend genießen. Und das ging eine ganze Weile gut.

Und zwar bis zu dem Tag im Spätherbst dieses Jahres, an dem an meinem Auto die Reifen gewechselt werden sollten. Der Termin mit dem Reifenhändler war schon eine Woche zuvor vereinbart worden und die Reifen lagen bereit. Ich hatte den Termin auf einen möglichst frühen Zeitpunkt gelegt, um nicht wesentlich später im Büro anzukommen als sonst üblich. Nun weiß wer mich kennt um mein gutes Herz und meinen unbedingten Willen, meiner Umwelt jegliche Sorgen durch mich und/oder mein Verhalten zu ersparen. Also, dachte ich mir, mit Blick auf meine Felgen, dass es notwendig wäre, diese noch ein wenig zu reinigen, bevor sie mein Reifenwechsler vom Auto entfernt.

Also fuhr ich wohlgemut - ich bin kein Morgenmuffel und außerdem war das Wetter schön - zur Tankstelle, um an der dortigen Druckwasserreinigungsanlage, dem Dreck an den Felgen meines Autos den Garaus zu machen. Es war so etwa 7:15 Uhr, als ich das Euro-Stück aus meinem Geldbeutel fischte und mich anschickte es in den entsprechenden Schlitz zu stecken. Dabei fiel mein Blick noch auf das an der Wand angebrachte Rohr, im dem die Pistole steckte, die ich wenige Sekunden später in der Hand halten würde, um die Felgen zu reinigen.

Das Geldstück fiel, das Wasser kam, die Pistole wurde vom Rückstoß des Wasserdrucks aus dem Rohr nach hinten gerissen und verpasste mir im Fluge eine unerwünschte Morgendusche, weil der Tankstellenbetreiber noch nicht dazu gekommen war, die Blockade des Abzugs zu entfernen und die Pistole dadurch wieder zu entschärfen. Ich fing dann die Pistole wieder ein, reinigte die Felgen und brachte das Auto zum Reifenhändler. Nur meine tiefe innere Ruhe ermöglichte es mir bei der Übergabe des Schlüssels nicht handgreiflich zu werden, nach dem der Reifenhändler ob meiner durchnässten Garderobe fragte: "Regnet's?"

Wanderslust

Das Wandern, behauptet der Titel eines populären deutschen Volksliedes, ist des Müllers Lust. Vielleicht liegt es ja daran, dass mir diese Art der Freizeitbeschäftigung nicht zusagt, ich arbeite nämlich nicht als Müller. Ich heiße noch nicht einmal so. Aber auch wenn man diesen Umstand außer

Acht lässt, meine Erlebnisse des letzten Wochenendes lassen in mir Zweifel aufkeimen, dass das Wandern wirklich aller Müller Lust ist.

Der Satz "Ich hätte es wissen müssen" könnte fast so etwas wie mein Lebensmotto sein. Vor ein paar Monaten schlug meine Freundin vor, einen Spaziergang zu machen. Sie kenne da einen netten Weg an einem Bach entlang zu einem Café auf dem Hügel. Den Leser möchte ich an dieser Stelle auf die beiden Schlüsselworte "Spaziergang" und "Hügel" verweisen. Zugegebenermaßen schwante mir schon gewisses Unheil, da wir auf dem Weg zu unserem Spaziergang an einem Schuhdiscounter anhalten mussten, um mein Schuhwerk zu ergänzen. Allerdings war damals Winter und als überzeugter Turnschuhträger hatte ich keinen Zusammenhang zwischen der Jahreszeit und dem potentiellen Vorkommen von Schnee hergestellt.

Nun, dachte ich mir, die alten Winterschuhe haben ihre beste Zeit ohnehin hinter sich und vielleicht bekäme ich keine nassen Füße, falls wir doch irgendwie ein paar Meter über Schnee zurücklegen müssten. Bestens vorbereitet traf ich wenig später mit meiner Liebsten am von ihr gewählten Ausgangspunkt unseres Spaziergangs ein.

An dieser Stelle möchte ich mich kurz der Definition des Wortes (oder Schlüsselwortes, s. o.) "Spaziergang" widmen. Es mag sein, dass die Definition in einem Standardwerk der deutschen Sprache geringfügig von der meinen abweicht, aber ich denke ich liege nicht ganz so weit daneben. Die wesentlichen Punkte, die einen Spaziergang ausmachen sind seine überschaubare Dauer und der geringe Anspruch an die körperliche Fitness. Eine Stunde auf ebener Strecke in gemütlichem Tempo ist für mich ein Spaziergang. Selbst 1,5 Stunden mit ein paar Höhenmetern Unterschied zwischen Start und Ziel würde ich noch unter Spaziergang einordnen. Alles was darüber hinausgeht, sprengt meinen Definitionsrahmen aber.

Sei's drum, wir nahmen damals also unseren Spaziergang auf und der mit festgetretenem Schnee bedeckte Weg (den man durchaus auch mit meinen Turnschuhen hätte bewältigen können, wie mir sofort durch den Kopf ging) führte uns durch das Tal eines Baches, das kaum hätte idyllischer und romantischer wirken können. Zumindest bis wir an einen malerischen, teilweise vereisten Wasserfall gelangten. Der war zwar sehr schön anzusehen, bedeutete aber auch eine dramatische Veränderung der Situation.

Wasserfälle entstehen nämlich aufgrund von Höhendifferenzen. Will man dem Verlauf eines Baches folgen und steht man am Fuße eines solchen Wasserfalls, muss man diese Höhendifferenz wie das Wasser, ebenfalls überwinden, nur eben in die andere Richtung.

Eben diese Notwendigkeit bringt den besagten "Spaziergang" in den Grenzbereich meiner oben ausgeführten Definition. Der weitere Verlauf des Weges indes sprengte sie nicht nur, meine Definition wurde in Fetzen gerissen. Nach vielen Biegungen und Trampelpfaden hatten wir den Wald verlassen und fanden uns am Fuße eines Berges wieder. Gefühlt hatten wir schon etwa 700 Höhenmeter bewältigt und das versprochene Café lag zwar schon in Sicht, aber vermutlich unwesentlich unterhalb von 5000 m über NN. Dies ist dann auch der Zeitpunkt, um auf die Definition des Begriffes "Hügel" näher einzugehen.

Für mich ist ein Hügel eine Erhebung, deren Überquerung zwar durchaus auch mit Anstrengung verbunden sein kann, dessen Bewältigung aber auch durchschnittlich übergewichtigen Personen wie der meinen ohne Sauerstoffmaske möglich ist. Wenn ich also eine Stunde bergauf durch den Wald laufe um danach am Fuße einer Erhebung zu stehen, deren Besteigung mich eine weitere Stunde kostet, dann ist das aus meiner Sicht definitiv kein Hügel mehr.

Nach Verlassen des Waldes bewegten wir uns immerhin auf befestigten Straßen ohne Schnee. Und die Aussicht auf eine Stärkung im Café ließ mich den Rest des Weges trotz Wadenkrämpfen, Halluzinationen und akuter Atemnot doch noch durchhalten. Die Aussicht von der Terrasse des Cafés hätte mich eigentlich zumindest teilweise für die vorangegangenen Mühen entschädigen sollen. Allerdings fällt es ziemlich schwer den Blick ins Tal zu genießen, wenn man sich ins Bewusstsein ruft, dass man diesen ganzen Weg wieder zurück "spazieren" muss.

So viel zu meinen persönlichen Erfahrungen bezüglich eines angeblichen Spaziergangs. Lesen Sie demnächst an gleicher Stelle, wie es weitergeht.

Der See

Unter dem Titel "Das tut man nicht!" habe ich bereits vor einiger Zeit einmal eine Geschichte geschrieben. Es ging um Dinge, die manche Menschen tun und bezüglich derer aber die meisten vernünftigen Menschen der Ansicht sind, dass man sie lieber nicht tun solle. Vielleicht nicht ganz die meisten vernünftigen Menschen, aber immerhin ich.

Die Aussage "Das tut man nicht!" ist ungebrochen aktuell. Gerade jüngst ist mir etwas passiert, bei dem dieser Titel die Situation durchaus treffend beschreibt. Es ging um einen Winterspaziergang und wenngleich ein Teil von mir an dieser Stelle schon eingehakt hätte, war das nicht der Anlass meines Unmutes. Nun bin ich tatsächlich kein Freund des Winters, habe mich aber über die Jahre damit abgefunden, dass sich die Klimabedingungen zwar generell durch den Menschen beeinflussen lassen, dass mein Einfluss als Einzelner jedoch nicht ausreicht, meiner Heimat einen immerwährenden Frühling zu bescheren. Und so gelingt es mir durchaus hin und wieder die Schönheit einer verschneiten Winterlandschaft zu akzeptieren. Auch die gedämpfte Geräuschkulisse oder dichtes Schneetreiben aus schweren dicken Schneeflocken empfinde ich durchaus positiv. Wenn ich im warmen Wohnzimmer auf dem Sofa liegen kann, versteht sich.

Und da bin ich dann auch absolut konsequent. Nichts kann mich dazu bewegen aus dem Schutz der eigenen vier Wände in die Kälte hinaus zu gehen. Der Mensch hat Tausende von Jahren benötigt um sich ein gemütliches Heim mit Thermofenstern und isolierten Außenwänden zu schaffen. Es hat vieler Opfer bedurft und viele Generationen gedauert, dem Klima einen geschützten Bereich abzutrotzen, in dem sich der Mensch sogar dann wohlfühlen kann, wenn die Temperatur unter den Gefrierpunkt fällt. Deshalb gibt es niemanden auf dieser Erde, der mich dazu bringen könnte, diese Errungenschaft moderner Bauwirtschaft zu verlassen. Niemanden außer meiner Freundin, versteht sich.

Jemanden zu etwas bringen ist übrigens nicht das Gleiche wie ihn davon überzeugen, wenn ich das mal so nebenbei erwähnen darf. Allerdings kann ich meiner Süßen sicher nicht vorwerfen, sie setze sich einfach über meine Wünsche hinweg. Nein, wenn draußen die Sonne scheint, dann fragt sie gar nicht erst nach meinen Wünschen, sondern entscheidet direkt, dass es ein idealer Zeitpunkt sei, ein wenig an die frische Luft zu gehen. Und die frische Luft macht dieser Tage ihrem Namen alle Ehre. Frisch ist sie, sehr frisch. Wobei der Begriff "saukalt" den Kern der Sache wesentlich besser trifft. Aber wie heißt es so schön, es gibt kein schlechtes Wetter, nur unpassende Kleidung.

Der Plan war also schnell gefasst und zu meinem Leidwesen waren auch die Kinder begeistert von der Idee, was normalerweise eher nicht der Fall ist. Nun aber war irgendein See in der Nähe seit Jahren wieder einmal zugefroren und die Aussicht Hockey zu spielen oder einfach mit den Schlittschuhen über das Eis zu gleiten begründete die überraschende Unterstützung des Plans seitens der Kinder, von denen ich insgeheim gehofft hatte, sie könnten ob der tiefen Temperaturen durch plötzliche und ebenso überraschende wie kurzzeitige Krankheitssymptome den drohenden Spaziergang noch abwenden. War wohl nix. Also zog ich alles an, was den fast sicher scheinenden Kältetod eventuell noch ein wenig heraus zögern würde und zog das Meiste davon gleich wieder aus, weil jener noch seinen Schläger suchte während andere noch nicht ganz fertig waren. Schließlich wiederholte ich die Isolationsprozedur und schleppte mich zum Auto, wobei mir unliebsame Assoziationen zum bekannten Michelin-Männchen in den Sinn kamen.

Mir persönlich erschließt sich die Faszination eines zugefrorenen Sees nicht. Es ist doch nichts anderes als eine große Fläche, wie zum Beispiel ein Parkplatz eines Einkaufszentrums. Nur eben ziemlich glatt. In mir keimt allerdings der Verdacht, dass ich mit dieser Einstellung wohl eher einer Minderheit angehöre, je näher wir nämlich besagtem See kamen, desto höher wurde auch das Verkehrsaufkommen. Dies deutete darauf hin, dass wir nicht etwa auf dem Parkplatz eines Einkaufszentrums spazieren gehen wollten, sondern auf einem Parkplatz eines Einkaufszentrums am Samstagvormittag. Um mir wenigstens eine kleine Freude zu machen, verweigerte ich den raffgierigen Posten an der Zufahrt zum See die Parkgebühr und stellte mich direkt nebenan auf einen kostenfreien Parkplatz. Da ich zum ersten Mal an diesen See fuhr wusste ich in diesem Moment nicht, dass es sich durchaus gelohnt hätte, die Parkgebühr zu bezahlen und dafür direkt am See parken zu dürfen.

Da ich das nicht wusste, hatte ich auch kein Problem die Schlittschuhe zu tragen, die die Kinder natürlich jetzt noch nicht anziehen konnten. Mit dem Hockeyschläger Eisbrocken durch die Gegend zu feuern geht ausserdem nicht, wenn man die Schlittschuhe selbst tragen muss. Aber was tut man nicht alles für die lieben Kleinen? Fast alles, oder? Was macht es da schon, wenn man verirrte Eisklumpen ins Genick oder die Kniekehle bekommt. Normalerweise eigentlich nichts. Wenn man aber schon leicht erhöhten Blutdruck hat, weil man nicht auf dem warmen Sofa liegen darf, dann sieht man das doch nicht mehr ganz so locker. Die Tatsache, dass der Weg zum See gefühlt noch länger ist, als die geplante Route auf dem See, trägt verständlicherweise auch nicht gerade zur Nervenentspannung bei. Wenn meine Holde mich dann aber noch darauf aufmerksam macht, dass es wohl doch besser gewesen wäre, die paar Euro zu investieren, dann bedarf es wirklich meiner gesamten Willenskraft, um nicht … um nicht … um nicht in die Knie zu gehen und bitterlich zu weinen.

Aber das Leben ist halt nicht so einfach und irgendwann waren wir ja dann auch am See, den man zunächst allerdings nicht als solchen erkennen konnte. Einerseits weil er schneebedeckt war und andererseits weil dort so viele Leute waren, dass ich mir ein kleines bisschen Sorgen um die Menschheit machte, wenn ein Stückchen Eis eine solch starke Anziehungskraft ausübt. "Hey, warst Du auch am See?", "Ja, war total cool.", "Genau, tolle Sache das!", "Stimmt, das war schon was." Ja genau! Wir werden aussterben.

Die Schlittschuhe durfte ich übrigens weiterhin tragen, schließlich ist eine – wenngleich dünne – Schneeschicht doch recht hinderlich beim Schlittschuh laufen. Nicht, dass es nicht genug Optimisten gab, die es dennoch erfolglos versucht hätten. Sie bewegten sich mehr oder minder wie Volltrunkene. Vielleicht waren sie aber auch einfach nur schlechte Schlittschuhläufer. Oder betrunkene Schlittschuhläuferanfänger. Ich weiß es nicht, aber es sah einfach lächerlich aus. Ähnlich lächerlich vermutlich wie der Anblick, den ich geboten habe, da meine Nikes nicht ideal für Schnee und Eis sind und ich deshalb mehrfach muskelzerrend ausrutschte.

Trotz aller Widrigkeiten hielt mich der Gedanke an einen Glühwein und eine feine Grillwurst bei Laune. Wir mussten nur noch den See überqueren und dabei rutschenden Kindern, Pucks, tollenden Hunden und stolpernden

Schlittschuhläuferanfängern mit Alkoholproblem ausweichen. Wobei diese Gefahren durch geschickte Wahl des Weges einigermaßen vermeidbar waren. Nicht vermeidbar war hingegen, dass man mitten auf einem See kaum Schutz vor dem eisigen Wind hatte. Bereits nach wenigen Minuten war meine Nase ohne Gefühl und ein Puck, der mich an der Backe traf zerbarst an meinem tiefgefrorenen Gesicht. Kurz vor dem rettenden Ufer hatte sich dann unter meiner Nase ein langer Eiszapfen gebildet, der mir beim Gehen unangenehm in den Fuß stach.

Selbst Glühwein und Bratwurst waren nicht mehr in der Lage mich auf eine angenehme Temperatur zu bringen und so machte ich mich als Eisklotz auf zwei Beinen zusammen mit dem Rest der Familie endlich wieder auf den Heimweg. Ein Eisklotz mit zwei Beinen und Schlittschuhen in der Hand, wohlgemerkt. Stunden später, nachdem ich mich auf allen Vieren ins Auto geschleppt und mich quer über das Armaturenbrett gelegt hatte, um möglichst viel der warmen Heizungsluft abzubekommen, erklärte ich mit noch leicht zitternder Stimme, dass dies definitiv mein letzter Spaziergang in diesem Winter war. Als meine Freundin mir dann sanft und tröstend die Wange tätschelte, löste sich gar ein Tränchen aus meinem Auge und erstarrte ob meiner kalten Haut gleich wieder. Ebenso wie mein Herz erstarrte, als mein Schatz als Antwort auf meine unumstößliche Feststellung mit einem wissenden "Jaja" antwortete.

Fußball

Die wichtigste Nebensache der Welt wird er oft genannt, er zieht Mengen in die Stadien und Massen in seinen Bann. Der Fußball. Wobei es hier natürlich nicht nur um ein Stück luftgefüllten Leders geht, sondern um Wettkampf, Kraft, Emotionen und Nerven.

Was die Nerven bewirken sieht man allwöchentlich im Fernsehen, wenn eine 100%ige Chance vergeben oder der Gegenspieler geohrfeigt wird. Dass die Nerven nicht nur im übertragenen Sinne versagen, sondern auch tatsächlich ihren Dienst nicht ordnungsgemäß verrichten, lässt sich ebenfalls gut beobachten. Hier verliert der Spieler nach Betreten des Strafraumes plötzlich die Kontrolle über seine Beine und stürzt zu Boden. Dort kämpft ein Spieler nach einem Foul mit schlimmen Schmerzen an einem

Körperteil, das gar nicht in Mitleidenschaft gezogen wurde. Jaja, die Nerven spielen im Fußball eine große Rolle.

Aber nicht nur auf der großen Bühne der internationalen Wettbewerbe oder nationalen Topliegen. Sondern auch und vor allem an der Basis und dort auch im Juniorenbereich. Da wird den Beteiligten häufig sehr viel abverlangt. Zum Beispiel den Trainern. Also mir. Ich trainiere jetzt im dritten Jahr eine Jugendmannschaft. Eine tolle Aufgabe, erfüllt sie doch wichtige Funktionen in der Gesellschaft. Kinder werden beaufsichtigt, haben Bewegung und lernen den fairen Umgang mit anderen. Kinder mit Migrationshintergrund werden integriert und der Teamgeist wird gefördert.

Zumindest dachte ich das, als ich mich dazu überreden ließ eine E-Junioren-Mannschaft zu übernehmen. Die Jungs waren damals gerade mal neun oder zehn Jahre alt und noch kleine Kinder mit Respekt vor dem Alter. Trotz meiner minimalen, technischen Fähigkeiten, war ich in der Lage mit einfachen Kabinettstückchen Eindruck zu schinden. Inzwischen sehe ich mich aber mit Zwölfjährigen konfrontiert, deren Hauptinteresse mehr dem eigenen Erscheinungsbild und dessen Wirkung auf das weibliche Geschlecht gilt, als dem Training und den Anweisungen des Trainers.

Dies kombiniert mit sehr unterschiedlichen Charakteren, sehr großen Leistungsunterschieden, einem Co-Trainer der selten Zeit hat und übermotivierten Eltern ergibt ein schlagkräftiges Bündnis zum Angriff auf meine Nerven. Meine diesbezügliche Erfahrung lässt mich inzwischen annehmen, dass ein promovierter Psychoanalytiker ohne Bezug zum Fußball besser für diesen Job geeignet ist, als ein Fußballveteran mit über drei Jahrzehnten Erfahrung.

Es fängt schon in der Kabine an. Dort ist es inzwischen fast unmöglich sich noch mit normaler Stimme zu unterhalten. Irgendwie scheinen die Kinder unheimlichen Spaß daran zu haben, ihre eigene Stimme zu hören. Gespräche normaler Lautstärke sind die Ausnahme, gebrüllte Halbsätze unter Missachtung selbst der grundlegenden Grammatikregeln die Regel. Untermalt wird diese ohrenkrebserzeugende Geräuschkulisse von überforderten Handy-Lautsprechern aus denen undefinierbares Scheppern dröhnt.

Dies wäre nur halb so schlimm, hätte sich im Laufe der Zeit nicht die Einstellung zur korrekten Trainingsbekleidung geändert. Wo man früher eine

Sporthose und Kickschuhe hatte, muss es heute oft die Originalkluft einer Bundesligamannschaft sein, oder zumindest eine im Urlaub günstig erstandene Kopie. Inklusive Schweiß- und oder Haarbänder, Schienbeinschoner, stabilisierende Knöchelbandagen und über die Knie gezogene Stutzen. Die von den TV-Vorbildern gefährlich fehlgeleiteten Jugendlichen halten sich deshalb unnötig lang in der Kabine auf, wodurch die akustische Gefährdung durch den zeitlichen Aspekt zusätzlich an Bedrohlichkeit gewinnt.

Es darf nicht verwundern, wenn ein solcher Einstieg in den Trainingsabend meinen Nerven eine gewisse Vorspannung aufzwingt. Dass ausgerechnet jene Spieler, die zuerst in den Kabinen waren dann am längsten brauchen um auf den Platz zu kommen und ein paar Nachzügler, hosenmodenbedingt in langsam watschelndem Schritt, die Sportanlage betreten, wirkt dieser Vorspannung natürlich nicht entgegen.

In einem Monty-Python-Film kann man unter anderem auch eine Reportage von einem olympiaähnlichen Sportevent sehen. Da gibt es den Marathon der Blasenschwachen, die direkt nach dem Start ins Toilettenhäuschen abbiegen und auch auf freier Strecke immer mal wieder in die Büsche abdrehen, um sich Erleichterung zu verschaffen. Außerdem gibt es da noch den Langstreckenlauf der Sportler, die sich für Hühner halten. Nach dem Startschuss laufen sie zunächst wild durcheinander um sich dann gackernd auf den Boden zu setzen. Nicht zu vergessen auch den Sprint der Gehörlosen, bei dem der Starter mehrere Magazine abfeuert ohne die Läufer dazu bewegen zu können, endlich loszurennen.

Monty Python, schon klar. Das ist doch alles frei erfundener Unsinn. Nun ja, vielleicht in der im Film dargestellten Form. Betrachte ich aber meine Nachwuchsfußballer, scheint mir das doch nicht mehr so weit hergeholt zu sein. Die Frequenz meiner Trillerpfeife scheint beispielsweise in einem Bereich zu liegen, die für Kinder dieser Altersgruppe nur mit einem Höchstmaß an Konzentration wahrzunehmen ist. Wenn überhaupt. Die Blasenschwäche tritt anders als im Film nicht grundsätzlich auf. Vielmehr lassen sich gewisse Zusammenhänge mit dem Trainingsprogramm ableiten, ohne dass ich das mit Studien belegen könnte. Mein Gefühl sagt mir aber, dass die Quote derer, die ihren Harndrang kaum noch beherrschen können proportional mit der Anstrengung steigt, die für eine Übung aufgebracht werden muss. Bleibt noch das Beispiel mit den Hühnern. Wenn ich an dieser Stelle auch noch beschreiben müsste, wie lange die Jungs brauchen, um sich in einer Reihe nebeneinander aufzustellen, würde ich vermutlich des Mobbings bezichtigt. Dennoch möchte ich nicht unerwähnt lassen, dass diese Anfangsaufstellung in der Regel an der Außenlinie eingenommen werden soll, was den Schwierigkeitsgrad wohl in angemessenem Rahmen hält.

Es gibt Leute, die fest davon überzeugt sind, dass der Vollmond Auswirkungen auf das Verhalten von Kindern hat. Danach sind Kinder bei Vollmond unruhig und/oder frech und aufsässig. Einfach nur nervtötend und praktisch unkontrollierbar. Nun ist der Mond ja eigentlich immer voll, er erscheint uns bloß hin und wieder ab- oder zunehmend. Es ist also im Prinzip immer Vollmond, auch wenn wir das optisch nicht wahrnehmen. Etwas weit hergeholt, diese Theorie, das gebe ich gerne zu. Aber wenn ich mir das Verhalten meiner Mannschaft so ansehe, dann ist tatsächlich immer Vollmond.

Aber ich hatte an anderer Stelle schon mal erwähnt, dass alles auch seine guten Seiten hat. Damit meine ich aber nicht das befriedigende Gefühl, Dienst an der Gemeinschaft zu leisten oder jungen Menschen eine sinnvolle Freizeitbeschäftigung zu ermöglichen. Nein, es ist die Macht. Die Macht und die Freude daran sie auszuüben. Es gibt unzählige Übungen, mit denen sich ein Trainer an seiner Mannschaft rächen kann.

Der Entengang zum Beispiel, bei dem man in die Hocke geht und in dieser Haltung eine bestimmte Strecke zurücklegen muss. Oder eine Abwandlung der Kniebeugen, bei der man sich mit nach vorne ausgestreckten Armen in Stufen Richtung Hocke oder Richtung aufrechter Position bewegt, wobei speziell die mittleren Positionen gerne auch mal eine halbe Minute gehalten werden sollen. Sprints mit sehr vielen schnellen 180° Richtungsänderungen oder Steigerungsläufe an steilen Halden. Hach, es gibt so viele Möglichkeiten, sein seelisches Gleichgewicht zu behalten. Und wenn ich ignoriert werde oder mit einem hämischen Lachen getunnelt, wenn das Gebrüll kein Ende nehmen will und selbst einfachste Übungen im Chaos enden, dann lächle ich nur und ändere völlig entspannt kurzfristig den Trainingsplan.

Frisch gestrichen

Ein Umzug ist eine feine Sache. Ein Aufbruch in einen neuen Lebensabschnitt, neue Welten entdecken, Altes hinter sich lassen. Ein Neuanfang. Zumal im Zuge eines Umzuges durchaus auch mal die eine oder andere längst geplante Neuanschaffung endlich realisiert werden kann.

Allerdings ist ein Umzug nur so gut wie seine Vorbereitung. Eine saubere Planung ist das A und O. Nur durch durchdachte und rechtzeitige Vorbereitung ist ein Umzug ohne Nervenzusammenbruch durchführbar. Das Ergebnis entschädigt einen aber ausreichend für die Planungszeit und das Kopfschütteln und das herablassende Lächeln so mancher Helfer, die aufgrund ihres beschränkten Horizonts nicht verstehen, weshalb alle sechs Seiten des Kartons mit einer Kennung versehen sind, die Auskunft über Stockwerk, Zimmer und Platzierung im Zimmer geben.

Irgendwie wurde ich beim letzten Umzug aber überrascht. Nun ja, vielleicht weniger vom Umzug selbst, der immerhin schon drei Monate vorher feststand sondern vielmehr davon wie schnell diese Zeit vergehen konnte. Eben habe ich mir die neue Wohnung zum ersten Mal angeschaut und plötzlich sind es nur noch zwei Wochen bis meine alte Wohnung geräumt und renoviert sein muss.

Bei anderen Menschen hätte der letzte Satz vermutlich "geräumt und gestrichen sein muss" geendet. Nicht aber bei mir, es kam wirklich einer Renovierung gleich und bedauerlicherweise kann ich den Grund dafür nicht einmal meinem Sohn zuschieben. Der hält mich zwar durch manch Verfehlung auf Trab, versehentliche Beschädigungen, die beispielsweise von Experimenten mit Krachern herrühren oder ähnliche Katastrophen gehören aber nicht auf die Liste der Dinge, mit der mein Sohn mich in den Wahnsinn oder den Bankrott treiben will.

Nein, er ist nicht schuld und es sind eigentlich auch keine Beschädigungen, deren Beseitigung mich sehr viele Stunden gekostet hat. Es sind vielmehr Spuren intensiver Nutzung der Wohnung. Ich habe die Wände perforiert. Wüsste man nicht, dass ich eine Unmenge an Regalen an den Wänden hatte, könnte man vermuten ich wolle das Haus in sich zusammenstürzen lassen oder zumindest entsprechende Sprengungen vorbereiten.

Tatsächlich hätte ich eigentlich die wenigsten Räume wirklich streichen müssen, da ich weder Raucher bin noch alte Ölfässer zur Beheizung der Zimmer verwendet habe. Deshalb hatte ich mir nämlich nicht nur normale Spachtelmasse zum Füllen der Löcher beschafft, sondern auch noch eine Spezialmasse, mit der man täuschend echt die Struktur des Putzes nachempfinden konnte. Super Sache. Theoretisch. Denn selbst bei Verwendung einer Fußbodenheizung in einem Nichtraucherhaushalt verlieren weiße Wände mit der Zeit ihre Strahlkraft. Frische Spachtelmasse in "Ultraweiß" sticht deshalb ähnlich heraus wie ein grauer Fleck auf einer reinweißen Wand.

Ich musste also doch streichen und machte mich gleich frisch ans Werk. Mein Enthusiasmus wurde aber bereits vor dem ersten Pinselstrich deutlich gebremst. Wie es sich gehört, hatte ich alle nötigen Materialien zuvor im Baumarkt erstanden. Viele Räume mit vielen blendend weißen Flecken bedeuten viel Farbe und damit viel Geld. Und damit es auch gut wird, musste es eine Farbe sein, die etwas taugt. Da muss man dann eben an anderer Stelle sparen. Ein Trugschluss wie ich nach dem Kauf von Abdeckfolie feststellen musste. Diese zugegebenermaßen wirklich billige Folie schien nämlich von einem Sadisten entworfen worden zu sein. Menschen mit weniger bösartigen Absichten hätten die Folie, die gefühlt etwa einen halben Fußballplatz abdecken könnte in einer Art gefaltet, die es dem Hobbymaler ermöglicht, gerade so viel der Folie zu entfalten, wie man braucht.

Stattdessen muss man praktisch die ganze Folie entfalten und danach wieder so übereinander legen, dass der Boden bedeckt und dennoch begehbar ist ohne bei jedem Schritt in der sich aufbäumenden Folie hängen zu bleiben. Aber nicht nur der schiere Überfluss an Material macht einem das Leben schwer. Diese Folie ist so dünn, dass das bisschen Restwärme der Fußbodenheizung die Folie anhebt und somit dem Meer nicht unähnlich ist, das uns dereinst bei "Urmel aus dem Eis" so täuschend echt erschienen war. Die statische Aufladung tut dann ihr Übriges, um des Malers Begeisterung endgültig ins Gegenteil umschwenken zu lassen. Sei es der Versuch die bei unzähligen Stolperern entstandene Risse zuzukleben oder die Leisten am Boden abzukleben, das Ergebnis ist immer dasselbe. Das Klebeband klebt zwar, aber grundsätzlich nicht dort, wo es soll. Und es ist müßig zu versuchen es wieder von der Folie zu entfernen, weil dadurch neue und größere Löcher entstehen.

Nach wenigen Tagen hatte ich dann den Boden des ersten Zimmers abgeklebt. Allerdings hätte ich mir die Folie sparen können, schließlich musste ich so viel flicken, dass ich gleich viele Kreppbandstreifen aneinander hätte kleben können. Meine Konstruktion hatte aber den Vorteil, dass man diese Art der Bodenabdeckung einfach aufstellen und in einem anderen Zimmer wieder ablegen konnte. Kreppband ist der nächste Punkt bei dem es sich lohnen kann, eventuell den einen oder anderen Euro mehr zu investieren. Dann bliebe es einem nämlich möglicherweise erspart, dass abgeklebte Steckdosen und Lichtschalter genau so lange abgeklebt bleiben, bis man ein Mal mit der Farbrolle darüber gefahren ist. Danach klebt der Streifen dann nämlich an der Rolle. Und weil man noch immer mit der Wut auf die Folie kämpft, reicht es meist nicht mehr, die Rückwärtsbewegung der Rolle zu unterbrechen und färbt somit auch die Steckdosen und Lichtschalter in Wandfarbe.

Wie heißt es so schön? Gut Ding will Weile haben. Aber so viel Weile ich auch hatte, gut wurde da nichts und so legte ich den Termin zur Übergabe der Wohnung an den Vermieter in die abendliche Dämmerung, um einen genauen Blick auf die Malerarbeiten zumindest zu erschweren. Als ich davon fuhr, meinte ich das Geräusch einstürzenden Gemäuers gehört zu haben, drehte aber nicht um. Ich hoffte nur, dass mein ehemaliger Vermieter sich nicht unvorsichtigerweise an eine der perforierten Wände gelehnt hatte. Oder zumindest unverletzt geblieben ist.

Auf der Flucht

Man mag es kaum glauben, wenn man mich heute so ansieht, aber auch ich war einmal jung. Und als junger Junge interessierte ich mich schon früh für das andere Geschlecht. In dieser Geschichte geht es allerdings nicht um meine ersten Kontakte, bei denen alles noch ganz einfach war. Damals gegen Ende der vierten Klasse, wurde das beliebte Kinderspiel "Mädchen fangen Jungs" geringfügig abgewandelt, weil die "Beute" mit einem Kuss "bestraft" wurde. Nun gehörte ich in dieser Phase bereits zu der Gruppe

Jungs, die nicht in Panik davon rannten, wenn eine Horde Mädels auftauchte.

In vielen Meinungsverschiedenheiten gereichte es mir damals zum Vorteil, dass ich von der schnellen Sorte war. Bevor meine ehemaligen Lehrer entsetzt eine Lesermail schreiben, schiebe ich noch nach: Im Sinne von laufen und sprinten. Dies ermöglichte mir damals eine verhältnismäßig große Klappe zu haben bei gleichzeitig geringem Risiko eine Faust in selbige zu bekommen. Eben diese Grundschnelligkeit erlaubte es mir auch, den Mädchen zu entkommen, von denen nicht einmal die Jungs geküsst werden wollten, die diesem Erstkontakt eher aufgeschlossen gegenüberstanden. Andererseits erforderte sie ein großes Maß an schauspielerischer Leistung, um im richtigen Moment beim richtigen Mädchen glaubhaft so langsam zu werden, dass ich auch wirklich erwischt wurde.

Aber wie gesagt, darum geht es hier nicht, es geht um jene Phase meiner Entwicklung aus der ich eine meiner Standardantworten ableite, die ich für allerlei Lebenssituationen parat liegen habe. Warum auch immer, aber hin und wieder werde ich gefragt, ob ich denn nicht noch ein Mädchen hätte haben wollen. Darauf antworte ich mit deutlicher Empörung in der Stimme, dass ich viel zu viel Angst hätte, dass meine Tochter dereinst einmal einen Typen treffen könnte, wie ich in meiner frühen Jugend einer war. Und das würde ich als Vater schwerlich ertragen können. Es ist auch diese Erkenntnis, die mich ein gewisses Maß an Verständnis dafür aufbringen lässt, wie die Väter meiner damaligen Favoritinnen auf mich zu sprechen waren.

Es geht also um die Phase, wo Eltern ihren Söhnen zwar weiterhin anraten keine Dummheiten zu machen, dafür aber völlig neue Motive haben. Obwohl … ging es früher darum Unfälle zu vermeiden, die durch den Bau von Baumhütten, das Entzünden von Lagerfeuern im Wald oder durch unsachgemäße Verwendung von Knallkörpern (in Verbindung mit Kraftkleber zum Beispiel zur Nachbildung naturgetreuer Explosionen von Matchboxautos), meinen die Eltern ein paar Jahre später ebenfalls Unfälle. Aber eben solche, deren Folgen weniger unmittelbar aber dafür um so langfristiger wahrnehmbar bleiben. So kann ich mich beispielsweise noch genau daran erinnern, als mich meine Eltern bei meiner damaligen Favoritin absetzten und meine Mutter mir nachrief, ich solle keine Dummheiten machen. Damals war mir der Sinn dieses Ratschlages noch nicht klar. Ich hatte sicher Besseres vor als mit meiner Flamme Matchboxautos in die Luft zu jagen …

Caro (Namen von der Redaktion geändert) war eh ein Spezialfall. Um unnötige Zurückweisungen zu vermeiden, investierte ich bei meinen Angebeteten immer recht viel Zeit dafür, sie derart von mir zu überzeugen, dass die Antwort auf meine Frage (der Klassiker: Willst Du mit mir gehen?) nur noch ja lauten konnte. Ein erfreutes, begeistertes Ja, wenn ich mich richtig anstrengte. Eines Tages, in meinen Plänen war es mit Caro noch nicht so weit, bot ich ihr an, sie nach der Schule zum Bus zu begleiten. Begleitung anzubieten, funktionierte meistens und erfüllte den Zweck, Interesse zu bekunden. Außerdem ging es ja darum die Auserwählte möglichst lange dem eigenen Einfluss auszusetzen, um sie davon zu überzeugen, welch toller Freund ich doch wäre und gleichzeitig möglichen Konkurrenten die Hoffnungslosigkeit ihres Ansinnens zu verdeutlichen. Nun, Caro nahm das Angebot an und ich begleitete sie mit Freuden. Auf dem Weg zum Bus fragte sie plötzlich, ob es stimmen könne, dass ich mit Ihr gehen will. Nachdem ich kurze Zeit benötigt hatte, um den Schock zu verarbeiten und mich dann kurz darüber ärgerte, dass hier mein Zeitplan über den Haufen geworfen würde, sagte ich mit betont lässigem Tonfall und einem völlig entspannten Gesichtsausdruck: "Ja".

"Du bist aber nicht sauer, wenn ich nicht mit Dir gehen will, oder?"

Ich erwähnte ja bereits, dass sie ein Spezialfall war. Und ich ließ mich von diesem Rückschlag natürlich nicht entmutigen. Einige Zeit später hatte ich dann doch Erfolg. Nur deshalb konnte mir meine Mutter ja den Ratschlag "Mach keine Dummheiten!" überhaupt geben.

Kommen wir nun aber zu einer Begebenheit, die diesem Text seinen Titel gab. Sie fand ein paar Jahre nach Caro statt und es waren mehre Personen involviert. Zum einen ist da mein Freund Tom und zum anderen die Schwestern, die ich des Datenschutzes wegen Bibi und Chris nenne. Ich war natürlich auch dabei. Tom war damals mit Bibi zusammen und ich mit meiner zweiten großen Liebe Chris. Bibi und Chris wohnten in einem Haus, das in einen Hang gebaut war und dessen Eingang von der Straße aus gesehen auf der Rückseite des Hauses lag. Dorthin führte eine recht lange Treppe durch den Garten am Haus entlang nach hinten.

Aus Gründen die ich heute wesentlich besser nachvollziehen kann als damals, war es uns nicht erlaubt, die Mädels zu besuchen, wenn die Eltern nicht zu Hause sind. Aus Gründen, die ich meinem Sohn heute nicht mehr durchgehen lasse, interessierte uns dieses Verbot damals aber natürlich nicht. Um nicht erwischt zu werden hatten wir uns einen raffinierten Fluchtplan ausgedacht, der auch viele Male problemlos funktionierte. Das Licht in den Zimmern blieb grundsätzlich aus, aber nicht nur um der gemütlichen Stimmung willen, sondern weil auf diese Weise sofort ersichtlich war, wenn draußen an der Treppe die Beleuchtung anging. Ein untrügliches Zeichen für das Eintreffen der Eltern. Geschah dies, verließen Tom und ich die Zimmer der Mädchen und gingen in das Gästezimmer, das direkt daneben lag und eine Tür zum Balkon hatte. Dieser Balkon zog sich über die gesamte Breite des Gebäudes, fast bis an die Treppe. In dem Moment, da im oberen Stockwerk der Schlüssel ins Schloss gesteckt wurde, gingen wir auf den Balkon. Die Mädels schlossen die Türe und gingen mit betont arglosem Gesichtsausdruck zurück in ihre Zimmer, während wir draußen darauf warteten, dass die Beleuchtung wieder ausging.

Danach war es ein Leichtes über die Brüstung in den Garten zu springen (der Balkon war nur etwa 1,20 m über dem Boden) und das Grundstück zu verlassen, sobald die Beleuchtung erloschen war. Cool wäre es damals gewesen, zu dieser Flucht noch ein paar Töne des James-Bond-Themas laufen zu lassen, aber das wäre vermutlich zu auffällig gewesen. Sei's drum, diese Strategie hatte sich bewährt und ging nach einigen Malen in Fleisch und Blut über. Bis zum jenem Tag, als ich das James-Bond-Feeling auch ohne Musik bekam. Nur nicht so cool wie das Original.

Tom und ich waren damit beschäftigt, die zwischenmenschlichen Beziehungen zu unseren Freundinnen zu vertiefen, als wieder einmal die Außenbeleuchtung aufflammte. Wir drückten den Gastgeberinnen jeweils noch einen Abschiedskuss auf die Wangen und traten auf den Balkon. Die Türe wurde geschlossen, wir warteten auf das Erlöschen der Treppenbeleuchtung und schlenderten gemütlich den Balkon entlang Richtung Treppe. Strategie aufgegangen, wieder einmal. Alles gut.

Bis die Treppenbeleuchtung nicht nur die Treppe sondern auch den Balkon und die darauf herumschlendernden Jungs plötzlich in helles Licht tauchte. Tom und ich ließen uns sofort fallen und blieben reglos auf den Fliesen liegen. Ich hatte das Pech vorne, also näher zur Treppe zu liegen und würde zweifellos zuerst entdeckt werden. Die Mutter der Mädels hatte den überraschenden Einfall noch den Müll herunter zu bringen und ging die Treppe hinunter. Durch die örtlichen Gegebenheiten befand sich dabei mein Kopf auf dem Balkon auf der gleichen Höhe wie der Kopf der Mutter auf der Treppe. Und zwar nur einen knappen Meter voneinander entfernt. Hätte sie den Kopf nach links gedreht, hätte sie mir direkt in die Augen gesehen. Also hielt ich den Atem an und hoffte, dass das Rauschen meines Blutes außerhalb meines Körpers nicht hörbar war.

Unmittelbar, nachdem sie die Stirnseite des Balkons passiert hatte, begann ich mit dem Rückzug. Allerdings ohne Tom vorzuwarnen und so trat ich ihm beim Rückwärtsrobben mehr oder weniger ins Gesicht, wofür ich ein dumpfes Stöhnen erntete, das mich fast lauthals auflachen ließ. Wäre ich durch andere Aktionen bei den Eltern meiner Freundin nicht ohnehin schon in Misskredit geraten, ich hätte mich wohl kaum beherrschen können. So aber war mir der Ernst der Lage vollkommen bewusst und ich gab Tom zu verstehen, dass er ebenfalls nach hinten robben solle. In die hinterste Ecke des Balkons gekauert warteten wir dann darauf, dass die Mutter wieder nach oben und die Beleuchtung wieder ausging. Um dann wieder cool wie eh und je an den Fenstern der Mädels vorbei zu schlendern und uns auf den Heimweg zu machen. Dabei hofften wir natürlich, dass die Dunkelheit das Rot in unseren Wangen verschluckte, das so gar nicht zu dem coolen Gehabe passen wollte. Aber hey, wir waren jung!

Der Berg ruft

Kürzlich hatte ich bereits erzählt, dass meine Definition des Wortes Spaziergang nicht deckungsgleich mit derer meiner Freundin ist. Das war Teil 1 meiner kleinen Geschichte mit dem Titel "Wanderslust". Wie es dann weiter ging erzähle ich jetzt:

Vergangenes Wochenende, nach einer zugegebenermaßen arbeitsreichen Woche und einem hektischen Samstag befand meine bessere Hälfte, es sei mal wieder Zeit zur Erholung eine kleine Wanderung zu unternehmen und schlug deshalb vor, in die nahe gelegenen Berge zu fahren.

Und, bemerkt? Genau, kein Spaziergang und keine Hügel. Nein, die Schlüsselwörter lauteten dieses Mal "Wanderung" und "Berg"! Aufgrund meiner Erfahrungen aus dem letzten Winter hielt sich meine Begeisterung verständlicherweise in überschaubaren Grenzen, aber auch die Reaktion der Kinder würde ich nicht gerade als euphorisch beschreiben. Aber man kennt das ja. Wenn die Dame des Hauses einen Vorschlag macht, dann kann man zwar Einwände vorbringen, um den Ausflug zu verhindern, da ich aber weder ein gebrochenes Bein noch einen drohenden Tornado vorweisen konnte, packten wir unsere Sachen und machten uns auf den Weg.

Packten unsere Sachen. Bei mir hieß das (dass ich das Haus nicht unbekleidet verlasse, setze ich hier einfach mal als bekannt voraus), dass ich eine dicke Jacke in die Hand nahm und damit fertig war. Wohlwissend, dass sowas bei Kindern und Frauen nicht unbedingt so einfach ist, nahm ich am Computer Platz und ergötzte mich an der einen oder anderen Runde Sudoku.

Frauen und Kinder zuerst. Wer kennt diesen Ausspruch nicht? Er bedeutet, dass Frauen und Kinder zuerst damit anfangen müssen, ihre Sachen zu packen. Einfach weil es viel länger dauert.

Glücklicherweise hatte ich mich zur Überbrückung der Wartezeit mit dem PC und nicht mit dem Handy beschäftigt, somit konnte ich meinen Akku schonen und das Handy betriebsbereit mitnehmen. Die ansteigende Betriebsamkeit der Familie und die keinen Widerspruch duldende Feststellung meiner Süßen, dass wir um 13:00 Uhr aufbrechen, haben mich allerdings dazu verleitet, eine selbst auferlegte Regel zu brechen. Normalerweise bewege ich mich in solchen Situationen erst, wenn der Rest der Familie bereits fertig vorbereitet an der Türe steht. Diese Regel missachtend, dafür aber pünktlich auf die Minute, stand ich um eins an der Türe. Wo ich dann Gelegenheit hatte, nochmals darüber nachzudenken, dass ich mir solche Regeln nicht aus Langeweile ausgedacht hatte, sondern um eben diese zu vermeiden. Aber was soll's, die Expedition startete bereits um 13:10 Uhr.

Expedition deshalb, weil wir mit zwei Rucksäcken aufbrachen. Auf meine Frage, ob die Kinder am nächsten Tag nicht wieder zur Schule müssten, brachte mir böse Blicke ein, weshalb ich nicht weiter nachforschte, was ich denn den Großteil der Wanderung auf dem Rücken mit mir rumschleppen würde müssen.

Am Zielort angekommen wurde die Wanderkarte inspiziert und die Route ausgewählt. Mit dem Sessellift auf den Berg und dann Route drei. Dauer etwa 1,5 Stunden, wenig Steigung und der Rest bergab. Mein Vorschlag, mit dem Sessellift auf den Berg und danach mit dem Sessellift wieder ins Tal zu fahren wurde nicht abgelehnt, er wurde ignoriert. Oben angekommen bot sich ein wunderbarer Blick auf die Alpen und ich schlug erneut vor, diesen Blick eine Weile zu genießen und danach wieder nach unten zu fahren, aber vermutlich enthielt die Luft in dieser Höhe nicht genug Atome, die den Schall meiner Worte hätten weitergeben können, ich erhielt nicht einmal ein Augenrollen als Reaktion.

Erfreulicherweise war der Weg, den wir einschlugen, befestigt und mit meinen Sportschuhen problemlos begehbar, und bergab ging es auch noch. Die Freude über diese beiden Umstände verebbte jedoch nach der ersten Kurve. Dort ging es nämlich zur ersten Steigung und das über Stock und Stein, um einmal traditionelles Liedgut zu zitieren. Damit aber nicht genug, ging doch das Geröll über in matschiges Gras. Zwar hatten wir bislang einen goldenen Herbst mit wenig Niederschlag, im voralpinen Bereich war aber schon der erste Schnee gefallen und wieder geschmolzen, wodurch der Boden feucht genug war, um mich bei jedem Schritt dem Risiko auszusetzen, auszurutschen.

Durch maximale Körperbeherrschung und mehrere äußerst elegante Ausgleichbewegungen gelang es mir nach gefühlten Stunden unverletzt die Passhöhe zu erreichen. Ich erwähne an dieser Stelle aus vertraulichen Gründen nicht, dass der gut beschuhte Rest der Familie die paar Minuten locker bewältigte, die Kinder sogar mehrfach, weil sie immer wieder vor und wieder zurück rannten, um zu schauen, ob ich noch auf den Beinen bin. Der Ausblick von dort oben war atemberaubend, was mich durchaus in Lebensgefahr brachte, weil ich durch den Aufstieg ohnehin an akuter Atemnot litt. Neben dem schönen Panorama war es aber vor allem der Blick auf den weiteren Verlauf des Weges, der mich wieder aufbaute.

In etwa dreihundert Metern Entfernung war eine Weggabelung zu sehen. Unser Weg führte nach links und dort ging es nur noch bergab. Dem Vorschlag meiner Herzdame indes, doch geradeaus weiterzugehen, um nach einer Stunde ein herrlich gelegenes Gasthaus zu erreichen, wurde das gleiche Schicksal zuteil, wie meiner Idee, den Sessellift auch für die Rückfahrt zu nutzen. Voller Elan Schritten wir also dem kleinen Wäldchen mit der Weggabelung zu und erfreuten uns an den Kindern, die vorauseilten und ihren Spaß hatten. Dieser Spaß hörte aber in dem Moment auf, da wir an die Weggabelung kamen. Die Kinder, die wir aus der Ferne noch für die unseren gehalten hatten, waren uns bei näherem Hinsehen nicht bekannt. Die Kleinen hatten sich also versteckt. Wie lustig. Noch viel lustiger, dass sie sich nicht etwa in Richtung Rückweg orientiert hatten, sondern weiter geradeaus gelaufen waren, was an dieser Stelle gleichbedeutend mit bergauf war.

So brachte ich also unter Aufbringung meiner letzten Kraftreserven weitere Höhenmeter hinter mich, um die Kinder wieder auf den rechten Weg zurück zu führen. Wobei diese Formulierung im übertragenen Sinne zu verstehen ist. Es gab zwar an der Weggabelung ein Schild, das uns die Richtung der gewählten Route angab, jedoch genügte ein Blick um festzustellen, dass Route nicht zwangsläufig gleichbedeutend mit Weg ist. Das Schild zeigte auf eine steile Bergwiese. Und tatsächlich konnte man bei genauerem Hinsehen auch erkennen, wo andere Wanderer entlang gegangen waren. Im Grün der Wiese schlängelte sich eine bräunliche Spur den Hang hinunter.

Aber nicht etwa, weil an diesen Stellen das Gras unter Millionen von Fußtritten abgestorben und einen Trampelpfad hinterlassen hätte. Nein, es war an diesen Stellen einfach besonders matschig, so dass ich wählen konnte, ob ich durch knöcheltiefen Matsch laufe oder auf dem nicht ganz so matschigen aber dennoch glitschigen Gras mein Glück versuche. Mit ein paar Fast-Ausrutschern und einer aus einer plötzlichen Ausgleichsbewegung resultierenden Zerrung im Schulterbereich überstand ich diesen Teil des Abstiegs überraschenderweise doch noch mit sauberer Kleidung und ohne Knochenbrüche.

Hatte ich die Rucksäcke schon erwähnt? Sie waren auf dieser Wanderung ebenfalls ein Quell stetiger Freude. Immerhin hatten wir vor der Fahrt mit dem Sessellift alles in einen Rucksack gepackt, der dafür dann doppelt so schwer und kaum noch zu verschließen war, aber hey, irgendwas ist ja immer, oder? Der Rucksack enthielt dann zwei Kameras (eine große und eine kleine), drei 0,5er Getränkeflaschen, Papiertaschentücher und Proviant. Während unserer Wanderung kamen noch die Jacken der Kinder hinzu. Die dann jeweils nach ein paar Metern wieder herausgenommen werden mussten, damit man an die Getränke kam. Als ich zum wiederholten Male den frisch ent- und wieder gepackten Rucksack schulterte, gab ich ein deutlich vernehmbares "IIIaaaah" von mir, erntete dafür allerdings nur verständnislose Blicke.

Und vielleicht noch ein paar eher ängstliche von unbeteiligten Passanten, die dieses Geräusch und meinen abgekämpften Gesichtsausdruck mit dem leicht irren Blick möglicherweise falsch interpretiert haben. Sie konnten ja nicht wissen, welcher Tortur ich mich unterziehen musste.

Sei's drum, nach der Überquerung des Steilhangs führte der Rest der Strecke zunächst über einen angenehm befestigten Waldweg. Und sogar die plötzlich anstehende Überquerung eines Baches (ohne Brücke versteht sich) gelang auch mir ohne nasse Füße zu bekommen. Aber dann verließen wir den Wald und mein kurzes Glück mich. Wir standen wieder am oberen Ende einer Wiese. Allerdings sah sie anders aus. Hier war es nämlich nicht matschig, sondern aufgrund der Lage gefroren. Und damit nicht genug. Nein, hier lag auch noch Schnee! Ich erinnere an dieser Stelle nochmals kurz an die Tatsache, dass ich Turnschuhe trug. Aber wenigstens konnte man den Weg als dunkle Linie im Schnee gut erkennen.

Ich erwähnte, dass ich nun wüsste, weshalb der Rucksack so schwer sei und fragte, ob ich die Snowboards nun herausnehmen könne. Aber auch diese Provokation verpuffte ohne Reaktion der Gegenseite. Obwohl ich mir im Nachhinein nicht mehr sicher bin, ob ich nicht doch so etwas wie "Weichei" gehört habe. Das lag aber vielleicht auch daran, dass die Schneehöhe, wenn ich ehrlich bin, höchstens einen Zentimeter betrug. Vermutlich ist es auch diesem Umstand zu verdanken, dass wir weder von Eisbären überfallen wurden noch auf abgehende Lawinen achten mussten.

Nach der Querung des Schneefeldes hatten wir es dann mehr oder minder geschafft. In einiger Entfernung konnte ich eine befestigte, schnee- und matschfreie Straße erkennen und beschleunigte meine Schritte im gleichen Maße wie sich meine Laune besserte. Dies umso mehr, als mein eingebautes Navi, der dem Manne eingeborene Orientierungssinn, mir sagte, dass nach der nächsten Kurve endlich das Ziel, nämlich der Parkplatz am Fuße des Sessellifts, erreicht sein würde. Diese frohe Neuigkeit teilte ich der Familie natürlich sofort mit, was auch die inzwischen doch etwas erschöpft wirkenden Kinder begeisterte.

Diese Begeisterung nahm aber mit jeder Kurve ab, die wir von diesem Moment hinter uns brachten, ohne dass das ersehnte Ziel auftauchte und brachte höchst unterschiedliche Gesichtsausdrücke mit sich. Vom "Du und Dein toller Orientierungsinn"-Blick über den "Menno, ich will jetzt nicht mehr laufen"-Blick bis hin zum bösen "Du hast versprochen, dass wir gleich da sind"-Blick. In solchen Situationen ist es recht schwierig den "Ich hab die Lage im Griff"-Blick beizubehalten.

Dann aber war es doch noch geschafft und der bis zu diesem Zeitpunkt zumindest leicht schief hängende Familiensegen wurde durch die gemeinsam empfundene Freude das Auto, und die damit einhergehende Verheißung weicher Sitzgelegenheiten, zu erreichen, wieder ins Lot gebracht.

Der Gärtner

Flora und Fauna, zwei Begriffe, die man gerne in einem Atemzug nennt und vielen Menschen, denen das eine wichtig ist, sind auch beim anderen engagiert oder zumindest interessiert. Auch bei mir ist das so. Mein Interesse an der Tierwelt ist ebenso groß wie das an der wundervollen Welt der Pflanzen. Und ich kann dieses Interesse sogar exakt quantifizieren. Es ist gleich null.

Im Gegensatz zu Haustieren gehen mir die Pflanzen aber nicht so sehr auf die Nerven, weil sie in der Regel dort bleiben wo sie sind und mir keine toten Mäuse in die Wohnung schleppen. Dennoch muss ich mich fragen lassen, was mich geritten hat, eine neue Wohnung zu beziehen, die einen nicht unbeträchtlichen Gartenanteil aufweist. Die Antwortet: Ignoranz! Die Größe der Wohnung, die Aufteilung der Räume und vor allem der fantastische Blick vom Balkon sorgten dafür, dass das Thema Garten, wenn überhaupt nur am Rande wahrgenommen wurde. Und nun sitze ich da und habe zwar vollständige Hände, aber keinen Grünen Daumen. Von der Begeisterung für die Gartenarbeit ganz zu schweigen.

Demzufolge entwickelte ich mich in der Anfangszeit zum ökologischen Extremist und verteidigte die Einstellung, dass es sich bei meinem Garten um den längst überfälligen Versuch handle, die Ursprünglichkeit der inzwischen weitgehend überbauten Natur herzustellen. Nicht etwa Faulheit hielte mich davon ab, gegen den Wildwuchs der Pflanzen anzugehen, sondern das Interesse am Verlauf der Evolution, bei der sich die Stärkeren durchsetzen.

Die Evolution war es dann auch, die aus mir einen Gärtner wider Willen machte. Ich kann nun wirklich nicht behaupten, dass ich besonders klein oder schmächtig wäre. Und meine Muskeln im Speckmantel sind trainierter als man auf den ersten Blick meinen könnte. Allerdings zeigt sich die ältere Dame, deren Garten an den meinen grenzt, davon nicht im Geringsten beeindruckt. Aber der Reihe nach.

Zunächst war ich geradezu begeistert, dass meine Nachbarin sich die Zeit nahm, das aus meinem Garten in ihre Beete wuchernde Unkraut zurückzuschneiden. Erst mit der Zeit bemerkte ich, dass ihr Gesicht dabei keineswegs das sonst bei Hobbygärtnern Glücksgefühl wiederspiegelte, sondern viel mehr offen zur Schau getragene Abneigung. Recht hat sie, dachte ich mir, dieses Unkraut ist auch widerlich. Freundlich lächelnd hielt ich Ihr dementsprechend den nach oben gereckten Daumen entgegen und machte es mir wieder auf dem Liegestuhl bequem.

Irgendwie musste ich die Signale aber missdeutet haben, denn in der Folgezeit wurde mir deutlich vor Augen geführt, dass sich das Recht des Stärkeren nicht zwangsläufig aus der körperlichen Kraft speisen muss. Die überlegene Nervenstärke oder wie in meinem Fall die unterlegene, kann den gleichen Effekt erzielen. Es dauerte keine Woche, bis mich quietschende Heckenscheren, ratternde Rasenmäher und kreischende Kettensägen, permanent untermalt in einen Hauch zu laute volksdämliche Musik in den Wahnsinn zu treiben drohte.

Um keinen Anlass zur Provokation zu bieten und einen Übergriff mit einem der eben genannten Gartengeräte zu vermeiden, machte ich mich im

Schutze der Dunkelheit daran, das biotopische Grenzgebiet in eine Unkraut freie Zone zu verwandeln. Endgültig. Am Morgen legte ich mich mit dem Schlaf kämpfend auf die Lauer, um das Gesicht meiner Nachbarin zu sehen, wenn sie den sorgfältig asphaltierten und mit Kunstrasen belegten, ein Meter breiten Streifen entdeckt, auf dem in exakt gleichen Abständen sorgsam zu Kugeln geformte Buchsbäume standen.

Nun kann ich nicht genau sagen, welche Reaktion ich erwartet hatte, aber die über dem Kopf zusammen geschlagenen Hände und das nicht enden wollende Kopfschütteln war doch etwas verletzend, zumal ich das ja nur für sie gemacht hatte.

Sei's drum, dieser Zwischenfall machte einen besseren Menschen aus mir. Na ja, zumindest einen besseren Gärtner. Ok, auch das ist übertrieben. Auf jeden Fall war mir der Garten nun nicht mehr gänzlich egal. Um mir einen Überblick über die anfallenden Arbeiten zu machen, entschloss ich mich zu einem Rundgang durch den Garten. Es war trocken und warm und so war es dann auch nicht ganz so dramatisch, dass ich den Heimweg nicht auf Anhieb wieder fand und auf einem Baum übernachten musste, um nicht von wilden Tieren gebissen zu werden.

Nachdem ich mich rasiert und ein Buch über bisher unentdeckte Tier- und Pflanzenarten geschrieben hatte, machte ich mich tags drauf auf den Weg zum Baumarkt, um mich mit dem nötigen Material zu versorgen. Als beim Druck des Kassenbons die Papierrolle zu rauchen begann und die Kunststoffoberfläche der Kasse Blasen warf, kam mir der Verdacht, dass es vielleicht doch günstiger gewesen wäre, an anderer Stelle ein neues Haus zu bauen. Aber mein Ehrgeiz war geweckt und ein Mann mit einem Ziel ist kaum aufzuhalten.

Auch nicht von einer Hand voll Ökoaktivisten, die verhindern wollten, dass ich das letzte unberührte Stück Natur in Deutschland kultiviere. In Ermangelung eines Polizeifahrzeugs mit Wasserwerfer vertrieb ich die Demonstranten mit Hilfe meines Gartenschlauches. Zumindest gelang es mir so, unbehelligt in die Wohnung zu kommen. Die Belagerung des Grundstücks konnte ich aber nur durch eine gebührenpflichtige Mitgliedschaft bei diesen Umweltquerulanten beenden.

Nachdem Ruhe eingekehrt war, verbrachte ich einige Zeit damit vom Balkon aus den Garten zu beobachten. Einerseits um zu skizzieren, wo der sicherste Startpunkt für meine neuerliche Expedition sein würde und andererseits um die Jagdzeiten der heimisch gewordenen Raubtiere kennen zu lernen. Denn über eines war ich mir im Klaren: Ein falscher Schritt und ich würde nicht mehr nach Hause zurückkehren und vermutlich nie wieder gefunden werden.

Wohlwissend um die Gefahren einer solchen Gartenexpedition verwendete ich einige Zeit darauf, meine Ausrüstung sorgfältig auszulegen und dann in korrekter Reihenfolge in meinem Rucksack zu verstauen. Anschließend verbrachte ich weitere Stunden mit dem Fernglas auf dem Balkon um abschätzen zu können, welche Lebensmittel mein Garten bot. Warum Proviant schleppen, wenn das Essen an den Bäumen hängt? Danach machte ich mich fertig, zog meine dschungelgeprüfte Kleidung an, steckte noch ein paar Wasseraufbereitungstabletten, ein Notoperationsset und ein Päckchen Feuchttücher ein, schulterte den Rucksack und warf kurz vor dem Aufbruch nochmal einen Blick vom Balkon. Und dann der Schock.

Ich war so konzentriert, meinen Gartentag perfekt vorzubereiten, dass ich nicht bemerkt hatte, wie die Sonne langsam hinter grauen Wolken verschwunden war. Und nicht nur das, es hatte auch noch leicht angefangen zu nieseln. Bei allem was recht ist, es konnte wirklich niemand von mir verlangen, dass ich mich bei einem solchen Wetter um den Garten kümmere. Also verschob ich diesen Plan auf unbestimmte Zeit. Inzwischen berät der Stadtrat, ob mein Garten eventuell als Naturschutzgebiet ausgewiesen werden soll.

Dummheit

Ich bin mir nicht ganz sicher, ob ich es schon mal erwähnt habe, aber in mir reift der Verdacht, dass die Menschheit aussterben wird. Aber nicht etwa durch einen Meteoriteneinschlag, das Erlöschen unserer Sonne oder den Kontakt mit einer fremden Spezies, die unseren Planeten als Gefängnis für Schwerverbrecher nutzen will. Es ist der Mensch selbst, der dafür sorgen wird, dass dereinst die Natur den Planeten wieder in Besitz nimmt.

Nein, ich spreche nicht vom Treibhauseffekt oder dem atomaren Winter. Wobei sich dem wissenschaftlich wenig Interessierten die Frage stellt, warum der atomare Winter so schlimm ist, wo es wegen des Treibhauseffektes ohnehin zu warm wird. Wie dem auch sei, wir werden vermutlich aussterben, weil wir der Dummheit keinen Einhalt gebieten.

Weshalb, so muss man sich berechtigter Weise fragen, weshalb ist es einer Spezies, die immerhin eine Raumstation baut obwohl sie nur gut 100 Jahre zuvor noch per Pferdewagen unterwegs war, nicht möglich an der Kasse im Supermarkt intelligentes Verhalten an den Tag zu legen. Bevor man mir hier vorwirft, die immer wieder gleichen Geschichten zu erzählen, möge man zur Kenntnis nehmen, dass es mir weder darum geht, dass Leute das „max. 10 Artikel“-Schild nicht sehen (wollen) und einen Monatseinkauf auf das Band legen, noch um jene, die danach auch noch Minuten lang Münzen aus dem Geldbeutel zählen, um dann festzustellen, dass es doch nicht ganz reicht und die dann mit der Karte zahlen, die natürlich nicht funktioniert.

Nein es geht um den Teil der Einkäufer, die fast zwanghaft auf der Höhe ihrer Ware bleiben müssen, die sich auf dem Band in Richtung Kasse bewegt. In ihrer Panik, die Kontrolle über ihren Einkauf zu verlieren, neigen diese Menschen zu zwei Verhaltensweisen. Entweder jagen sie ihren Sachen nach und rammen dabei ihrem Vordermann (vorzugsweise mir) den Einkaufswagen in die Hacken oder sie halten ihre mühsam auf das Band gewuchtete Ware unter vollem Körpereinsatz an Ort und Stelle, während das Band darunter hinweg gleitet.

Mit Vertretern dieser Evolutionsbremsen eng verwandt sind jene Spezialisten, denen es unmöglich ist ihre ausgewählten Artikel auf das Band zu legen, bevor der Vordermann nicht den Warentrennbalken hinter den eigenen Einkauf gelegt hat. Da kann dann gut und gerne mal das halbe Band leer laufen, bevor man – ganz vorsichtig natürlich – die ersten Artikel aus der Hand gibt. Vorzugsweise solche, die sich in Art und Aussehen deutlich vom letzten Produkt des Vordermannes unterscheiden.

Die Entspannung, die sich breit macht, wenn der Balken erst einmal liegt, ist dann beinahe körperlich spürbar, wird aber häufig durch erneute Anspannung verdrängt, die entsteht, weil der dringend benötigte Warentrennbalken zur Abgrenzung der eigenen Ware zu der des nachfolgenden Kunden noch in unerreichbarer Ferne liegt. Beim Versuch doch noch den rettenden Balken zu erreichen, bedient sich dieser Beweis für das Fehlen intelligenter Lebensformen auf der Erde der gleichen Taktik wie der oben erwähnte Warenmitläufer. Sehr zum Leidwesen meiner Hacken.

Wobei das Elend ja nicht nur auf die Supermarktkasse beschränkt ist. Das Verhalten chronisch hirndegenerierter Einkäufer kann man auch im ganzen Supermarkt beobachten. So wenig Hirn man einem solchen Menschen auch zutrauen mag, er hält sich stets an die Gesetze. Hier konkret an Murphys Gesetz. Besagter Einkäufer steht nämlich mitten im Gang zwischen den Regalen und denkt nach. Über seine Einkäufe, das Abendessen oder seinen letzten Besuch beim Therapeuten. Und zwar so, dass man mit dem eigenen Wagen nur vorbei kommt, wenn man sehr genau zielt.

Als vernunftbegabter Mensch wartet man in der Regel, da sich der Vordermann sicher gleich entscheidet weiterzugehen. Das tut er auch. Irgendwann. Verliert man die Geduld und entscheidet sich doch dafür sich vorbeizudrücken, darf man mit großer Wahrscheinlichkeit (siehe Murphys Law) davon ausgehen, dass sich der Vordermann unvermittelt wieder in Bewegung setzt. Und zwar genau in die von uns gewählte Ausweichroute. Je nach Agilität des Vordermannes und Beladung des eigenen Einkaufwagens muss man dann blitzschnell reagieren um den Vordermann nicht einfach anzufahren. Und das gilt es dringend zu vermeiden. Erstens weil man von diesem Menschen kaum Verständnis erwarten darf. Und zweitens sieht's doch so aus: Wer auffährt ist schuld.

In einem anderen Text erzähle ich von Schlechtfahrern, also Autofahrern, denen man so einiges zutraut, nur eben nicht, dass sie sich im Straßenverkehr vernünftig verhalten. Menschen, denen man beim Einkaufen so ziemlich alles, nur nichts Vernünftiges zutraut, wären demnach Schlechteinkäufer. Für diesen Menschenschlag scheinen Rolltreppen besonders faszinierend zu sein. Wie sonst sollte es zu erklären sein, dass man sie dort am häufigsten antrifft. Man könnte fast davon sprechen, dass sie hier umsetzen, was sie zwischen den Regalen trainiert haben.

In mehrstöckigen Kaufhäusern findet man am Zugang zur Rolltreppe gerne mal eine Hinweistafel, die dem interessierten Einkäufer mitteilt, welcher Teil des Warensortiments wo zu finden ist. Naturgemäß versuchen sich kaufhausfremde Einkäufer dort zu informieren. Die Schlechteinkäufer tun das derart, dass sie direkt an der Rolltreppe stehen bleiben und den Zugang blockieren oder zumindest erschweren. Analog zur Situation zwischen den Regalen, findet der Schlechteinkäufer das Gesuchte genau in dem Moment, in dem eine nachfolgende Person versucht, die Rolltreppe zu betreten. Selten wird dabei der Zusammenstoß vermieden, was in der Folge wütende Proteste nach sich zieht (Wer auffährt ist schuld! Siehe oben!)

Damit jedoch nicht genug. Schlimmer wird's wenn man im nächsten Stockwerk ankommt. Ein Schlechteinkäufer hat auf dem Weg nach oben nämlich schon wieder vergessen, wo er hin muss und prüft deshalb beim Betreten des neuen Stockwerks, ob er denn da ist wo er hin will. Als müsse er damit rechnen, wegen Grenzverletzung in Gewahrsam genommen zu werden, tut er das aber direkt nach der Stelle an der die Stufen der Rolltreppe wie von Zauberhand im Boden verschwinden. Als Hintermann fehlt einem hier aber - selbst wenn man die Geduld noch nicht verloren hat - die Möglichkeit stehen zu bleiben und zu warten. Die Rolltreppe entledigt sich konsequent und kontinuierlich seiner Last. Hatte ich schon erwähnt wer schuld ist?

Telefon

Vor vielen, vielen Jahren, als die Neue Deutsche Welle durch die Radios schwappte, gab es auch eine Band mit dem Namen Spliff. Basierend auf einem damals populären Werbeslogan sang Spliff ein Lied namens "Telefonterror". Eine meiner Lieblingszeilen dieses Liedes lautet "Ruf doch mal nicht an!". Nun ist es unbestritten, dass das Telefon Vorteile hat und auch die Verbreitung der Mobiltelefone ist sinnvoll. Dennoch sollte man sich hin und wieder bewusst machen, dass Telefon Fernsprecher bedeutet und nicht Langsprecher.

Wenn ich einen Freund anrufe, um ihn zu fragen, ob er Lust hätte mit mir etwas trinken zu gehen, dann läuft das in etwa so ab: "Ja?" "Hi, ich bin's. Hast Du Lust heute Abend was trinken zu gehen?" "Ja, wann" "So um 8 in der Brasserie?" "Ja, das passt. "Ok, bis später" "Ciao".

Ein solches Telefonat dauert deutlich unter einer Minute. Alles Wesentliche für die Verabredung ist geklärt, alles Weitere kann am Abend bei einer eiskalten Cola besprochen werden. Bedauerlicherweise macht einem nicht jeder das Telefonieren so einfach wie mein Freund. Eine kurze Nachfrage bei meiner Mutter, ob sie eventuell meinen Sohn vom Freibad abholen könnte, kann dann durchaus mal fünf Minuten in Anspruch nehmen. Da wird dann mal eben noch nachgehakt, ob das Kind sich denn auch schön eincremt, ob es Klamotten zum Wechseln dabei hat oder ob noch andere Leute im Freibad sind, die er kennt. Dabei spielt es keine Rolle, dass ich - egal wie die Antwort lautet - ohnehin nichts daran ändern könnte, schließlich sitze ich ja im Büro. Dann wird noch erwähnt, dass mein Sohn länger nicht mehr vorbei geschaut hat und übrigens sei ja noch dies und das. Wenn ich dann irgendwann den Hörer wieder aufgelegt habe (oder besser das Mobilteil wieder auf seiner Ladestation liegt), muss ich nicht selten noch mal bei meiner Mutter anrufen, weil ich vor lauter überflüssiger Information, eine wichtige vergessen habe. Wann sie meinen Sohn nämlich abholen soll.

Nun legt man ja bei seiner Mutter andere Maßstäbe an als bei Fremden, die einem die Zeit stehlen wollen. Ich habe mir in solchen Fällen angewöhnt, nur noch das Nötigste zu sagen. Und wenn ich nichts gefragt werde, dann antworte ich auch nicht.

"Guten Tag Herr Zuber, ich rufe sie heute an, weil sie ja schon seit Jahren treuer Kunde unseres Unternehmens sind (an diesem Punkt frage ich mich immer, wie es um einen Laden bestellt sein mag, der mich als treuen Kunden bezeichnet, nur weil ich vor zwei Jahren mal etwas bestellt habe), möchten wir ihnen heute ein ganz besonderes Angebot machen. Wir schenken ihnen die Versandkosten und sie müssen erst in drei Monaten bezahlen. Momentan haben wir ganz tolle Gartenmöbel im Angebot (ich trommle mit den Fingern auf die Tischplatte und lese meine E-Mails). Und das ist noch nicht alles, wenn sie jetzt sofort am Telefon bestellen, könnte ich ihnen sogar noch einen Rabatt von fünf Euro anbieten. Und das schon ab einem Bestellwert von 100 Euro!" Darauf antworte ich dann mit konsequentem Schweigen, schließlich warte ich ja noch auf eine Frage. Meist muss ich mir an dieser Stelle das Lachen verkneifen, weil mein Gesprächspartner offensichtlich überrascht ist. "Hallo, sind sie noch dran?" "Ja" "Und, wäre das nicht etwas für sie?" "Nein!"

Damit ist ein kritischer Punkt im Gespräch erreicht. Wenn der Anrufer nun zurückrudert und den Abschied einleitet, wird alles gut. Ärgerlich werde ich nur dann, wenn mein Gegenüber trotz meines klar ausgedrückten Desinteresses weitermacht. "Warum denn nicht, das sind Qualitätswaren, die sie so günstig nicht mehr bekommen!" Ich erkläre dann, dass es mir nichts bringt, dass ich etwas, was ich nicht haben will besonders günstig bekomme. Dass ich für 100 Euro auch 10.000 Wäscheklammern kaufen könnte, die brauch ich auch nicht. Oft reicht das, aber es gibt vermutlich speziell geschulte Eliteanrufer, die sich selbst davon nicht beeindrucken lassen. Auf eine erneute Rückfrage entschuldige ich mich dann meist: "Oh, es tut mir leid, ich glaube, da habe ich mich etwas unklar ausgedrückt: Ich will nichts von Ihnen kaufen!" Danach geben sie in der Regel auf.

Legendär ist bei diesem Thema die Reaktion meines Freundes Thomas. Er erhielt einen Anruf eines Weinhändlers, bei dem er viele Monate zuvor mal etwas bestellt hatte. In der Folgezeit wurde er mehrfach telefonisch belästigt und erklärte jedes Mal freundlich aber bestimmt, er würde sich melden, falls er mal wieder einen Wein kaufen wolle. Irgendwann wurde es ihm zu bunt und er änderte seine Taktik:

"Hier ist das WK Hamburg und wir haben heute wieder mal ein ganz tolles Angebot für Sie!"

"Boah, super!"

"Sie sagen es! Wir bieten Ihnen heute eine Auswahl verschiedener Weine aus Südafrika an, eben erst auf den Markt gekommen, von einer familiengeführten Kellerei ..."

"Super"

"Genau, und das ist noch nicht alles! Sie bezahlen für diese sechs Flaschen nur die Hälfte des üblichen Preises!"

"Boah, super!"

"Warten Sie, bis sie den Rest gehört haben. Wenn sie zwei oder mehr dieser Probierpakete bestellen, erhalten Sie gratis noch ein professionelles Kellnerwerkzeug! Na, wie klingt das?"

"Super!"

"Freut mich, dass ihnen das Angebot zusagt. Wie viele Pakete darf ich ihnen reservieren?"

"Boah, super"

"Äh, entschuldigen Sie?"

"Super, echt super!"

"Wollen Sie mich hier veräppeln?"

"Das klingt alles echt super!"

"Arschloch!"

Ok, das Ende ist nicht sonderlich freundlich, dennoch hörte mein Freund nie wieder von diesem Weinkontor und hatte somit einen wichtigen Sieg gegen die weit verbreiteten Telefonterroristen errungen!

Was wäre das Telefonieren ohne Telefon? "ieren"? Sehr witzig! Das war eine rhetorische Frage, die ich zur eleganten Überleitung vom Telefonieren zu den Tücken eines Telefons verwenden wollte. Ich bitte solche Zwischenrufe zu unterlassen.

Ich hatte weiter oben schon mal das Mobilteil unseres schnurlosen Telefons erwähnt. Für mich ist die Befreiung vom Telefonkabel weniger Segen als Fluch. Selbstverständlich habe ich auch schon meinen Schreibtisch unfreiwillig abgeräumt, weil ich eine Akte aus dem Regal holen musste, dabei den Hörer aber nicht loslassen wollte und irgendwann die Kraft so groß war, dass das Telefon zurück zum Hörer wollte und alles auf dem Weg dorthin zur Seite fegte. Und es ist auch korrekt, dass beim schnurlosen Telefon das Kabel nicht permanent verdreht ist. Aber das gute alte Schnurtelefon hat einen bauartbedingten Vorteil, den ich zu Hause häufig vermisse: Man kann es problemlos finden! Das geht zwar grundsätzlich auch mit einem schnurlosen Telefon, aber nur wenn man alleine wohnt. Tut man das nicht, dann ist es in höchstem Maße unwahrscheinlich das Telefon dort zu finden, wo es hingehört, nämlich auf der Ladestation.

Nun bin ich ja ein Mann und somit naturgegeben clever. Diese Laune der Natur machte ich mir zunutze und kam schnell auf die Lösung. Ich brauchte lediglich ein zweites schnurloses Telefon oder auch Handset, wie es neudeutsch so schön heißt. Ein zweites Mobilteil an die Basis anzuschließen war glücklicherweise kein Problem und der Elektrofachmarkt hatte auch noch das gewünschte Modell vorrätig. Klasse Sache. Schon kurze Zeit später stellte ich meinem Sohn seine eigene Ladeschale mit zugehörigem Mobilteil ins Zimmer. Die Freude über diese raffinierte Problemlösung währte allerdings nicht lange. Schon am nächsten Abend als ich von der Arbeit heimkam, war mein Telefon schon wieder verschwunden.

Es hatte halt geklingelt, erklärte mir mein Sohn, als er vor dem Fernseher lag und er habe das Mobilteil, ganz ins Gespräch vertieft, mit nach oben in sein Zimmer genommen. Dass von da an zwei Mobilteile auf seinem Schreibtisch lagen und mir das unmöglich gefallen konnte, kam ihm indes nicht in den Sinn. Also habe ich klar zum Ausdruck gebracht, dass ich künftig wünsche, dass ein Telefon unten bleibt, vorzugsweise im Büro. Wer selbst Kinder hat, wird meiner Formulierung wegen schon mit dem Kopf schütteln. Viel zu unpräzise formuliert. Das wurde mir am nächsten Tag dann auch wieder vor Augen geführt. Von der Arbeit kommend, ging ich zuerst ins Büro und musste mir fast eine Träne verdrücken, so gerührt war ich, als ich ein Mobilteil auf dem Schreibtisch liegen sah.

Damit war es dann aber umgehend vorbei, als ich das Telefon in die Hand nahm. Es war nämlich tot. Der Akku so schwach, dass nicht einmal das sonst übliche dankbarklingende Pling zu hören war, als ich es auf die Ladestation stellte. Zur Rede gestellt zuckte mein Sohn nur mit den Schultern. Was solle er denn machen? Ein Telefon muss unten bleiben, seins war leer und er musste ein dringendes Telefonat erledigen. Dass ich so einen Aufstand machte, nur weil er vergessen hatte das Telefon auf die Station zu stellen, erschloss sich ihm überhaupt nicht, was an seinem verwirrten Gesichtsausdruck deutlich abzulesen war.

Das reichte! Am Abend installierte ich einen Hardware-Diebstahl-Schutz. Ich bohrte ein Loch ins Gehäuse des Mobilteils, zog einen stabilen Draht hindurch, sicherte ihn mit einem großen Knoten und verfuhr später mit dem anderen Ende des Drahtes und der Ladestation auf die gleiche Weise. Nun räume ich immer mal wieder unfreiwillig meinen Schreibtisch ab aber ich finde wenigstens immer mein Telefon.

Tarnen und Täuschen

Ich weiß, dass ich damit rechnen muss, dass folgende Worte einen Sturm des Protestes nach sich ziehen werden und ich höre auch schon die empörten Ausrufe "Mein Mann braucht im Bad doppelt so lange wie ich!". Dennoch kann ich nicht umhin an dieser Stelle ein Thema anzusprechen, das unzähligen Männern das Leben schwer macht. Es geht um die immer geschickter angewendeten Tricks zur Vortäuschung falscher Tatsachen, mit dem Ziel die Partnersuche zu vereinfachen und Konkurrenz aus dem Feld zu schlagen. Dieses Verhalten ist - mit Ausnahme der Indianer und anderer Naturvölker - grundsätzlich befremdlich, weil Frauen ja bekanntermaßen auf innere Werte stehen und nicht auf das bloße Äußere reduziert werden wollen.

Wo es vor zwanzig Jahren noch reichte, eine gerade frisch angelachte Frau aus der Disco ins Tageslicht (oder zumindest in weißes Kunstlicht) zu ziehen, um verlässlich abschätzen zu können, ob die Dame der Wahl den eigenen optischen Ansprüchen genügt, ist heute ein ungleich höherer Aufwand nötig. Ja, ich würde sogar so weit gehen, dass heutzutage durchaus die Möglichkeit besteht, an eine regelrechte Mogelpackung zu geraten, deren wahre Identität praktisch nur über einen DNA-Abgleich ermittelt werden kann.

Dass man bei einer Frau die echte Haarfarbe nur noch mit viel Glück einmal zu sehen bekommt, ist schon länger bekannt und ich bin sicher, dass es kein Gerücht ist, dass manche Frauen selbst nicht mehr wissen, welche Farbe ihre Haare ursprünglich hatten. Über die Farben, die sich viele Frauen überall ins Gesicht schmieren und die es in mindestens 16 Millionen Abstufungen gibt, von denen bei jeder Frau etwa 10% in die engere Auswahl und damit in den Einkaufskorb kommen, ist auch schon das Meiste geschrieben worden. Aber Farben sind nur der Feinschliff, die wirkliche Täuschung beginnt einige Schichten weiter unten. Dort, tief unten an der (vorzugsweise) Gesichtshaut beginnt eine Verwandlung, die einem aus der Larve kommenden Schmetterling zur Ehre gereichte. Mit dem Unterschied freilich, dass sich der Schmetterling abends nicht wieder in die Larve verwandelt und das ganze Spiel am nächsten Tag wieder beginnt.

Der erste Schritt ist grundsätzlich das Freilegen des Gesichtes, dazu werden in aller Regel Haarbänder eingesetzt, deren Farbe häufig nicht den Anforderungen unterliegen, die an Vorhänge, Dekorationsgegenstände oder Mitbewohner gestellt werden. Mit anderen Worten, die Farbe spielt keine Rolle. Aber wehe man betritt die Wohnung mit den falschen Sockenfarben. Aber sei's drum …

Ist die Arbeitsfläche freigelegt gilt es die Haut zu reinigen. Hinweis an die Männer: Reinigen bedeutet weit mehr als sich mit zwei Händen Wasser ins Gesicht zu klatschen. Nein, zur Reinigung wird mindestens eine Reinigungslotion und ein Stapel Wattepads benötigt. Wasser reicht nicht, schließlich sind die am Vorabend vergessenen Make-up-Reste wasserunlöslich. Außerdem hat nicht jede Frau destilliertes Wasser im Haus. Normales Leitungswasser wird von Sicherheitsexperten nicht empfohlen, weil es noch nicht ausreichend erforscht ist, ob Schminkrückstände nicht vielleicht doch mit den - grundsätzlich nicht gesundheitsschädlichen - Bestandteilen des Wassers reagieren. Hinter vorgehaltener Hand wird sogar darüber gesprochen, dass unter den Opfern spontaner Selbstentzündung auffallend viele weiblichen Geschlechts sind.

Danach muss die Haut, die in vielen Fällen seit Jahren kein Tageslicht mehr gesehen hat, durch allerlei Cremes dafür entschädigt werden, dass sie immer wieder aufs Neue hinter dem Make-up verschwindet. Dieser Schritt klingt leichter als er in Wirklichkeit ist. Die Reinigungslösung kann ja nicht gleichzeitig hartnäckige Rückstände entfernen und gleichzeitig zart zur Haut sein. Also muss unbedingt eine lindernde Lotion aufgetragen werden, die der Haut Feuchtigkeit gibt und sie mit allerlei Inhaltsstoffen, deren Namen mit an Sicherheit grenzender Wahrscheinlichkeit erfunden sind, regeneriert. Die Reste der Lotion werden, so sie denn nicht gierig von der Haut aufgesaugt wurden wieder abgetupft. Was davon noch übrig geblieben ist, wird dann noch mit einem ultrasanften Care & Clean Liquid unter im Uhrzeigersinn kreisenden Bewegungen wieder entfernt.

Um nun die Poren ebenfalls zu reinigen, kommen wahlweise kleine Pflaster zum Einsatz oder auch Werkzeuge wie Pinzetten und Geräte, deren Verwendung der Durchschnittsmann eher skeptisch gegenüber steht. Diese Etappe wird mit einer so genannten Maske abgeschlossen. Davon gibt es zu viele, als dass ich sie alle aufzählen könnte. Eine meiner Favoriten (bitte keine Fragen mit hämischem Unterton, ich weiß das, weil ich immer mal wieder beim Einkauf dabei bin) ist eine Paste, die laut Packung Urschlamm enthält. Dies und das Aussehen, das die Frau annimmt, wenn der Matsch langsam und ungleichmäßig trocknet sind für mich übrigens Beleg dafür, dass nichts so bescheuert ist, dass es nicht doch gekauft würde. In diesem Zusammenhang erhält der Begriff "Maske" übrigens eine passende Bedeutung. Die Maske des Grauens oder ein beliebiger Zombie-Film kommt einem bei diesem Anblick unweigerlich in den Sinn.

Verirrt sich ein Tröpfchen der Paste versehentlich in die Augen, sucht die Frau tastend nach dem Wasserhahn, wodurch die Nachahmung eines Zombies noch authentischer wirkt und es soll schon Kinder gegeben haben, die einen verbotenen Blick auf einen solchen Horrorstreifen geworfen und erfreut "Mama" gerufen haben. Die Urschlammmaske wird übrigens nicht, wie Mann eventuell vermuten könnte, durch einen kräftigen Schlag auf den Hinterkopf wieder entfernt, sondern mit warmem Wasser langsam aufgelöst. Nun weiß ich auch, wozu der Schnorchel in der Schublade benötigt wird.

Nun kann man in der Tat sehen, wie die Frau im Bad wirklich aussieht. Aber nur kurz, dann folgen ja die Nachtcremes. Sie vermindern die Zeichen der Hautalterung, füllen Falten auf und könnten vermutlich auch das Ozonloch reparieren, fände man nur einen Weg, sie an Ort und Stelle zu applizieren. Der gewählte Plural hat übrigens durchaus seine Berechtigung. Denn die Frauen wären keine Frauen, wenn es für die verschiedenen Gesichtspartien nicht auch verschiede Cremes gäbe. Auch wenn es sich einem durchschnittlichen Mann (ausgenommen jene, die ihr Geld damit verdienen) nicht erschließt, weshalb die Haut um die Mundwinkel im Vergleich zur Haut an den Augen so gravierend anders ist, es gibt offensichtlich Unterschiede, sonst gäbe es ja auch keine unterschiedlichen Cremes, oder?

Am Morgen darauf geht die Sache in umgekehrter Reihenfolge natürlich wieder von vorne los. Die Reste der Nachtcremes müssen entfernt und die neue Gesichtstarnbeschichtung muss wieder aufgebracht werden. Das ist fast so wie bei Tieren, die Winter- und Sommerfell haben. Nur halt im 12 Stunden Wechsel.

Es gab früher auch schon Mädchen, denen ihre Brüste zu klein vorkamen. Das waren dann aber meist Teenies, die es nicht abwarten konnten. Abhilfe wurde damals mit Papiertaschentüchern usw. geschaffen. Sieht man sich heute in der Unterwäscheabteilung der aktuellen Modeläden um, muss man annehmen, dass inzwischen alle Frauen das Gefühle haben zu kleine Brüste zu haben. Kaum ein BH hängt da, der nicht gepolstert wäre. Das ist an sich schon fragwürdig, weil so auch Frauen, die mit ihren Brüsten nicht völlig unzufrieden sind (zufrieden sind Frauen eh kaum, und schon gar nicht mit ihrem Körper/Erscheinungsbild), gezwungen sind Push-Ups zu kaufen. Aber warum bitte muss ein BH der Größe 95-D auch noch gepolstert sein? Das Schlimme ist dabei übrigens auch, dass das völlig normal zu sein scheint und niemanden stört. Man stelle sich aber mal vor, es gäbe Männerslips, die ebenfalls entsprechend gepolstert wären.

Aber das ist natürlich noch nicht alles. Auch im Bereich Slip, Body oder Top gibt es immer mehr Tarnkleidung, die den Körper so formt, dass er so genannte Problemzonen kaschiert. Zusammen mit der Haarfärbeproblematik kann man also zusammenfassend sagen, dass aus vielen Frauen inzwischen eine Mogelpackung geworden ist. Vermutlich wird es nicht mehr lange dauern, bis sich auch die Stiftung Warentest mit dem Widerspruch befasst, was die Verpackung verspricht und der Inhalt bietet.

Und wer ist daran schuld? Während die Männer auf diese Frage mit einem Schulterzucken antworten, wissen es die Frauen besser. Die Männer sind schuld. Sie stellen so hohe Ansprüche und die Frauen treiben diesen Aufwand nur um uns zu gefallen. Das bringt mich wieder auf das Thema Problemzone. Die scheint mir nämlich bei vielen Frauen zwischen Nase und Hinterkopf zu liegen.

Hausaufgaben

Ein jeder kennt die Geschichten aus der eigenen Kindheit, die von Müttern, Tanten oder Omas bei jedem familiären Anlass erzählt werden. Viele dieser Geschichte sind harmlos, manche stellenweise heiter und wieder andere unendlich peinlich. Die meisten Geschichten haben aber eines gemeinsam, sie sind überflüssig. Das interessiert die Erzähler aber in der Regel nicht. Deshalb bekommt unsere Verwandtschaft auch immer mal wieder, vor allem dann, wenn beispielsweise neue Enkel oder frisch gebackene Eltern mit am Tisch sitzen, zu hören, dass ich dereinst in der ersten Klasse aus der Schule nach Hause kam und mich darüber beschwert habe, keine Hausaufgaben bekommen zu haben.

Das hat sich, vermutlich wird es den Leser nicht sonderlich überraschen, recht bald wieder geändert und wie bei den meisten Schülern empfand ich die Hausaufgaben später einfach nur noch als überflüssige Belastung. Die Erinnerung an dieses Empfinden hilft mir heute, die Abneigung meines Sohnes gegen die Hausaufgaben nachzuvollziehen. Das heißt natürlich nicht, dass ich diese Einstellung gutheiße und mein Sohn muss auch mit Konsequenzen rechnen, wenn ich mitbekomme, dass Hausaufgaben nicht erledigt werden. Glücklicherweise ist es noch nie so weit gekommen. Allerdings bin ich schon ein wenig verwundert darüber, dass er nie etwas auf hat. Wenn es doch mal vorkommt, hat er es meist schon gemacht, wenn ich danach frage.

Als dann kürzlich allerdings am Heftrand ein Vermerk stand, Sohnemann habe die Hausaufgaben schon zwölfmal vergessen, habe ich kräftig mit der Faust auf den Tisch gehauen. Sein fragender Gesichtsausdruck machte mir aber klar, dass er damit nicht sonderlich viel anfangen konnte. Vermutlich hätte er mich gefragt ob ich die Fliege erwischt habe, deshalb habe ich meiner Entrüstung auch verbal Ausdruck verliehen und ihm seine Online-Zeit drastisch zusammengestrichen. Ich habe ihm klipp und klar gesagt, dass er jetzt eben nur noch halb so lang im Internet rumhängen kann und er vorläufig mit 12 Stunden täglich auskommen müsse. Offensichtlich hat er seinen Fehler eingesehen und verstanden, dass es so nicht weitergehen kann. Das schloss ich zumindest aus seiner Reaktion, da er die Strafe überraschend gefasst aufgenommen hat.

Dennoch keimten in mir Zweifel daran auf, dass er der Schule, die ihr zustehende Ernsthaftigkeit wirklich entgegen brachte. Es ging um ein themenorientiertes Projekt mit dem Titel "Soziales Engagement". Dazu sollte er zunächst 30 Arbeitsstunden an einer entsprechenden Arbeitsstelle absolvieren. Unglücklicherweise fand er eine solche Stelle nicht, was durchaus damit zusammenhängen könnte, dass er nicht gesucht hat. Bis seine Mutter davon erfuhr, waren dann die möglichen Plätze schon durch Mitschüler belegt. Erfreulicherweise bin ich Trainer einer Juniorenmannschaft im Fußball und wir fragten im Verein nach, ob es möglich sei, dort bei einer Mannschaft als Co-Trainer zu arbeiten. Es klappte und alle waren glücklich. Etwas später erfuhr ich dann aber, dass zum praktischen Teil auch noch eine Dokumentation angefertigt werden müsse.

Die Formulierung "etwas später" ist vielleicht etwas irreführend. Ich erfuhr vom Abgabetermin für diesen Bericht am Tag vor dem Abgabetermin. So viel zum Thema gemütlicher Abend am Computer. Aber was macht man nicht alles für den Nachwuchs. Am Telefon erfuhr ich dann noch, dass das alles nicht so wild sei, schließlich habe er schon einen Teil fertig und müsse nur noch drei der erforderlichen 10 Seiten machen. Mein Sohn! Kniet sich voll rein, um die Chance auf eine gute Note zu nutzen.

Hatte ich schon mal erwähnt, dass ich hin und wieder etwas zu optimistisch bin? Ich bin es und ich war es nach diesem Telefonat. Als ich dann nach der Arbeit nach Hause kam und die bisher erstellten Seiten ansehen wollte wurde mein Optimismus deutlich eingebremst. In der Mittagspause hatte ich mich noch hingesetzt und eine A4-Seite zusammen gestellt, die ausführliche Informationen zum Thema enthielt. Was bedeutet sozial überhaupt, was ist soziales Engagement. Weshalb kann man sowas im Fußballclub machen und was ist das überhaupt für ein Verein?.

Als ich die Unterlagen aus der Schule bekam, erkannte ich, dass das Meiste meiner Datensammlung nicht benötigt wurde. Und den Rest hatte mein Sohn schon selbst zusammengestellt. Letzteres zwang meine Stirn aber in Falten. Einen Teil seiner Arbeit hatte er auf einen College-Block geschrieben, den Rest am Computer verfasst. Ersteres war kaum lesbar und Letzteres so formatiert, dass man aus den vier Seiten locker eine Seite mit normaler Schriftgröße machen konnte.

Aus seiner Sicht sei das ja kein Problem, schließlich gebe es da ja keine Vorgaben. Sagt ihnen der Begriff Minimalist etwas? Schauen sie mal im Lexikon nach, neben dem Begriff finden Sie vermutlich ein Bild meines Sohnes. Sein Hauptaugenmerk liegt von Anfang an auf den Minimalanforderungen und die versucht er dann mit möglichst geringem Aufwand zu erreichen. In diesem Fall blieb ich aber hart und zwang ihn, den noch zu verfassenden Text auf alle Fälle am Computer zu schreiben. Das funktionierte überraschend gut, wenn man außer Acht lässt, dass ich ihm die wesentlichen Punkte vorgeben musste und die Rechtschreibung furchtbar war.

Während wir auf diese Weise den Rest noch erarbeiteten blätterte ich seine Mappe durch, die die Anleitung zur Projektarbeit enthielt. Und siehe da, hier standen nicht nur ungefähre Angaben zu Schriftgröße, Font und Zeilenabständen, sondern ganz konkrete. Also musste mein Sohn, seinen Text neu formatieren und ich konnte seine Enttäuschung fast körperlich wahrnehmen, als seine fünf Seiten immer weiter schrumpften und am Ende gerade mal noch eineinhalb Seiten füllten. Ich versicherte ihm, dass wir das sicher noch etwas ausdehnen könnten. Durch Absätze, ein wenig detaillierteren Beschreibungen und eventuell einigen Bildern.

Als nächstes tauchte ein Formular in den Unterlagen auf, in dem sein "Arbeitgeber", als der Trainer der Mannschaft in der er seine Stunden absolviert hatte, eine Bewertung seiner Tätigkeit abgeben muss. Ein leeres Formular, wohlgemerkt. Das habe er gar nicht gewusst, meinte mein Sohn und irgendwie hatte ich auch daran Zweifel. Gewusst hatte er es vermutlich, nur halt wieder unmittelbar vergessen. Wenigstens war das Glück uns hold und wir erwischten besagten Trainer gerade noch nach seinem Training auf dem Fußballplatz.

Zurück zu Hause ging es dann ans Eingemachte. Der Text musste noch in Form gebracht werden und da erwachte mein Ehrgeiz, habe ich doch eine Vorliebe für sauber formatierte Texte und übersichtliche Darstellungen. Anfangs wies ich meinen Sohn noch an, wie er dieses und jenes zu tun habe, verlor alsbald aber die Geduld und nahm das selbst in die Hand.

Beim Erstellen des Inhaltsverzeichnisses fiel mir dann auf, dass ein Punkt fehlte: Nenne und beschreibe einen möglichen Beruf im Umfeld der Praktikumsstelle.

Unser Verein sei doch so klein, da gäbe es keine Berufe, erklärte mir mein Sohn daraufhin und verdrehte seine Augen, als würde seine Geduld auf eine harte Probe gestellt. Das Ausbleiben weiterer Überraschungen ermöglichte uns dann, die Dokumentation kurz nach Mitternacht zu beenden. Wir klopften uns ob des guten Ergebnisses gegenseitig auf die Schulter und fielen dann erschöpft in unsere Betten.

Man hilft ja wo man kann, aber ich gab meinem Sohn am nächsten Morgen dennoch eine Warnung mit auf dem Weg. Wehe ich bekomme keine gute Note ...

Tag der offenen Tür

Es gibt Tage, die fangen einfach nicht so gut an wie andere. Am Freitag war mal wieder einer davon. Interessanterweise fangen solche Tage häufig völlig harmlos an. Vermutlich nur deshalb, damit es später umso schlimmer wirkt, wenn etwas schief geht.

Ich habe einen neuen Job und fahre nun etwa 25 km bzw. 30 Minuten zu meiner Arbeitsstelle. Ohne LKW und illegale Sonntagsfahrer (also jene, die so fahren als führen sie sonst nur einmal wöchentlich - nämlich am Sonntag, wie die Bezeichnung ja schon vermuten lässt - aber eben am falschen Tag) wäre die Strecke vermutlich in 25 Minuten oder sogar darunter zu schaffen. Ohne die Geschwindigkeitsbegrenzungen gänzlich zu missachten, versteht sich.

Am letzten Freitag schien es anfangs auch danach auszusehen, als sei es ein 25-Minuten-Tag, weil ich an allen kritischen Punkten zügig durchkam. Außerdem war schönes Wetter und so war ich gut gelaunt, zumal die Arbeit an diesem Tage vermutlich nicht übertrieben anstrengend sein würde, da ein "Tag der offenen Tür" bevorstand. Deshalb hatte ich auch das hübsche Hemd mit dem Logo meines Arbeitgebers angezogen.

Mein Arbeitsweg führt an einer Metzgerei vorbei, bei der ich mir in der Regel etwas mitnehme. Eine Kleinigkeit für die Fahrt als Frühstück und noch etwas für die Mittagspause. Dieses Mal bestand mein Frühstück aus einer frisch gebratenen Frikadelle. Ich esse Frikadellen sehr gerne und gehöre außerdem zu den Menschen, die tageszeitunabhängig essen können. Ob nun ein Frühstücksei oder ein Marmeladenbrot am Abend oder eben die Reste des Mittagessens vom Vortag zum Frühstück. Was mir schmeckt, schmeckt mir zu jeder Tageszeit. Und Frikadellen schmecken mir, ich weiß nicht, ob ich das schon erwähnt hatte ...

Mit meiner in Alufolie verpackten Frikadelle verließ ich dann die Metzgerei und setzte meinen Arbeitsweg fort. Ich schälte die Frikadelle so aus der Alufolie, dass gerade genug davon herausschaute, um es abzubeißen und genoss während der Fahrt den Geschmack des noch warmen Fleischklopses. Manchmal esse ich auch belegte Brötchen, die die Eigenschaft haben zu krümeln. Also schaute ich reflexartig nach unten, um den Bröselstatus zu prüfen und schalt mich dann einen Narren, da gut in Alufolie verpackte Frikadellen ja nicht krümeln.

Wenige Minuten später spürte ich etwas Warmes auf dem Bauch und musste dann erkennen, dass Frikadellen zwar nicht krümeln, aber sehr wohl tropfen können. Wir sprechen hier aber nicht von einem unauffälligen Tropfen, der unter Umständen mit Wasser und Seife wenigstens so weit hätte herausgewaschen werden können, dass er kaum mehr aufgefallen wäre. Nein, es war gleich ein ganzes Rudel von Tropfen und die verteilten sich auch noch über einen Bereich, der nicht einmal mit einer mir verhassten Krawatte hätten verdeckt werden können.

Also musste ich umdrehen, daheim ein neues Hemd anziehen, kam eine halbe Stunde zu spät zur Arbeit und war auch noch der einzige Mitarbeiter, der nicht im Betriebshemd auftauchte. Ganz großes Kino!

Sport

Man mag es ob meiner Statur kaum glauben, aber ich war in meiner Jugend tatsächlich einmal sportlich. Von frühester Kindheit war ich bereits im Turnverein, wo ich einmal im Jahr die Gelegenheit hatte, meinen Eltern das Erlernte beim so genannten Nikolausturnen vorzuführen. Was war ich damals stolz, als ich meine Übungen fehlerfrei vorgeturnt hatte. Es war gar nicht so leicht, das Ende einer Gymnastikbank zu besteigen und dann ohne Absturz an das andere Ende zu balancieren. Der Strecksprung beim Abgang hingegen, stellte für mich als Naturtalent kein Problem dar.

Wenige Jahre später nahm ich dann sogar an einem Turnwettkampf statt. An die Details (zum Beispiel wer in aller Welt die Idee hatte mich anzumelden) erinnere ich mich nicht mehr. Zwei Dinge haben sich aber in mein Gedächtnis gebrannt. Es begann mit einer Übung am Hochreck. Als ich an der Reihe war, stellte ich mich wild entschlossen und in einer Haltung, als habe ich dieses Gerät seit Geburt beturnt, unter der Stange. Wobei diese Stange - nicht ganz unerwartet bei einem Gerät namens Hochreck - doch recht weit oben angebracht war. Ich war aber noch ein kleiner Junge und auf meine Bitte hin hob man mich hinauf.

Da hing ich nun und wartete. Allerdings nicht, wie die Kampfrichter und Zuschauer darauf, dass ich mit gekonntem und elegantem Schwung in den Stütz gehen würde, sondern darauf, dass mich jemand ganz hoch heben würde, weil die angesprochene Bewegung talentbedingt deutlich außerhalb meiner Möglichkeiten lag. An die Übung selbst fehlt mir die Erinnerung. Das Gefühl hilflos an der Reckstange zu hängen ist mir aber noch recht gut in Erinnerung und lässt mich vermuten, dass mein Unterbewusstsein den Rest der Erinnerung verdrängt hat, um weiteren Schaden von meiner Psyche abzuwenden.

Am selben Wettkampf sollte ich auch eine Bodenübung turnen und auch dort blieb meine Begeisterung für das Turnen meinem Talent dafür weit voraus. Bis ich die Gesichter der Kampfrichter sah, nachdem ich ein Rad geschlagen hatte, das vom Gefühl her eine klare 10 gewesen war. Den Juroren gelang es offensichtlich nur mit Mühe ein Lachen zu unterdrücken. Damit war es dann endgültig aus mit meiner Turnerkarriere.

Wesentlich besser war ich beim Schwimmen. Meine Leistungen im Schulsport und der Titel bei den Stadtmeisterschaften waren wohl dafür verantwortlich, dass der Schwimmlehrer mir vorschlug, mich doch dem Schwimmclub der Stadt anzuschließen. Und obwohl ich inzwischen meine Begeisterung für den Fußball entdeckt hatte, willigte ich ein, zumindest einmal ein Probetraining zu machen. Und so begab es sich eines Tages, dass ich mit gepackter Tasche zum Hallenbad kam, um den ersten Schritt in einer märchenhaften Schwimmerkariere zu tun. Als dann aber auch die vierte Türe der Umkleidekabinen verschlossen war und niemand auf mein Klopfen reagierte zog ich unverrichteter Dinge wieder von dannen und das war's dann mit dem Schwimmen.

Mein wahres Talent aber lag in der Leichtathletik. Da war ich nicht nur gut, sondern sehr gut. Und ich war tatsächlich auch nicht allein mit dieser Meinung. Bei den gezeigten Leistungen muss man es mir hoch anrechnen, dass ich auf dem Boden geblieben und nicht vollkommen arrogant geworden bin. Wie real diese Gefahr war, mag folgende Anekdote belegen:

In unsere Schule gab es einmal jährlich Bundesjugendspiele, der in meinem Fall aus einem Leichtathletik-Dreikampf bestand. Sprint, Weitsprung und Kugelstoßen. Jeder Schüler erhielt ein Blatt Papier, das Tabellen zu jeder Disziplin enthielt, die dazu dienten, die erreichten Leistungen in Punkte umzurechnen. Für 500 Punkte gab es eine Siegerurkunde, für 1000 eine Ehrenurkunde. Für durchschnittlich sportliche Schüler war die Siegerurkunde ein Klacks und die Ehrenurkunde mit drei vernünftigen Leistungen in den drei Disziplinen ebenfalls machbar.

Dank meiner Schnelligkeit holte ich über den Sprint schon fast die Hälfte der notwendigen Punkte. Dann kam der Weitsprung, bei dem ich mir die Show nicht verkneifen konnte, die Länge des Anlaufs voll auszunutzen, während der Rest wertvolle Meter verschenkte. Als ich an der Reihe war und die Bahn vor mir endlich frei, lief ich natürlich nicht sofort los, sondern wippte noch mehrfach auf den Fußballen nach vorne und zurück, ganz so, wie ich es im Fernsehen immer gesehen hatte.

Murphys Gesetz zum Trotz wurde meine übertriebene Show aber nicht durch drei Fehlsprünge bestraft. Ganz im Gegenteil, ich sprang zwar nicht über die Grube hinaus, aber immerhin aus der Tabelle. Meine Weite war nicht mehr auf der Liste und musste interpoliert werden. Und zusammen mit den Punkten vom Sprint, hatte ich die Ehrenurkunde schon nach zwei Disziplinen in der Tasche. Wie bitte soll man da bescheiden bleiben?

Aber statt beim abschließenden Kugelstoßen mit einer urschreiartigen Entladung meiner Kraft die Kugel direkt vor meine Füße fallen zu lassen, um danach in überschwänglichen Jubel auszubrechen, tat ich mein Bestes um mich dort nicht zu blamieren. Die Natur war wohl der Meinung, dass die Kraft in meinen Beinen ausreichen müsse und schenkte mir Oberarme nur deshalb, damit meine Hände nicht auf den Boden fallen.

In der Folge schloss ich mich dann einem Leichtathletik-Club an und nahm dort auch erfolgreich an überregionalen Wettkämpfen teil. Wobei es nicht nur meine Wettkämpfe waren, die mich begeisterten. Nicht weniger angenehm war die Möglichkeit, die 800m-Läuferinnen unseres Teams nach dem Ziel aufzufangen und zu stützen, weil sie völlig verausgabt waren. Wann kam man sonst schon mal so nah an diese austrainierten Mädels?

Leider ließen sich Leichtathletik und Fußball nicht vereinen und ich entschied mich für letzteres, obwohl mein Talent dort nur wenig stärker ausgeprägt war als beim Geräteturnen. Dabei hätte ich es in der Leichtathletik weiter bringen können. Dieser Gedanke kam mir zumindest, als ich einige Jahre später eine junge Frau wiedersah, die ich von diversen Wettkämpfen her kannte. Sie lächelte mich von der Titelseite eines Sportmagazins an.

Stattdessen spielte ich mehr oder minder gut Fußball, wobei ich mit zunehmendem Alter und Gewicht vermutlich ebenso lächerlich gewirkt haben dürfte, wie jene Radsportler, die sich in die übliche Radfahrerkluft zwängen, obwohl sie von der Figur her vermutlich besser einen Mawashi, den Gürtel der Sumo-Ringer tragen sollten.

Camping

Wer schon einmal ein paar meiner Geschichten gelesen hat, wird kaum überrascht sein zu lesen, dass ich der geborene Camper bin. Raus in die Natur, weg vom Grau der Stadt, weg von deren Lärm und Hektik. Hin und wieder bewusst auf überflüssigen Schnickschnack wie Handy, Fernsehen und Computer verzichten und das ursprüngliche Leben genießen. Dabei spielt es keine Rolle, ob es sich - wie damals beim Militär - um eine halbe Zeltplane handelt, wie mit der Freundin im kuscheligen Zweimannzelt oder als Dauercamper im Wohnwagen mit Vorzelt. Hauptsache raus, je länger desto besser!

Wer schon einmal ein paar meiner Geschichten gelesen hat, wird kaum überrascht sein zu lesen, dass das nicht ganz die Wahrheit ist. Schon als kleiner Junge, als ich mit meinen Eltern und meiner Schwester die Ferien auf südfranzösischen Zeltplätzen verbrachte, wollte die Begeisterung für unbequeme Luftmatratzen, blutsaugende Mücken und fremde Sprachen nicht so recht aufkommen.

Die zugegebenermaßen anders gelagerten Campinganlässe bei der Bundeswehr haben diese Vorbehalte eher gestärkt als ausgeräumt, weil es einem in 20 cm hohem Schnee bei minus vier Grad nur schwerlich möglich ist, sich einzureden, dass Zelten Spaß macht. Und dabei spreche ich noch nicht einmal von den nächtlichen Alarmübungen, weil Rotland gerade mal wieder angreifen wollte.

Sicher, in meiner Camping-Historie gab es auch gute Momente. Ein Campingurlaub mit Freunden in Italien zum Beispiel. Fiesole und Volterra, frisches Gemüse auf dem Gaskocher zubereitet und stilecht aus der Frisbee gegessen. Das hatte schon etwas von grenzenloser Freiheit. Aber selbst damals war es mir nicht vergönnt das Campen wirklich zu genießen, weil wir zuletzt auf dem Campingplatz "Paradiso" Station machten, der idyllisch zwischen Hauptverkehrsstraße und Bahntrasse lag. Nein, Zelten war für mich niemals ein erstrebenswertes Ferienerlebnis.

Nach der Gründung einer Familie passte ich die Zahl der Campingurlaube meinem Interesse, an dieser Art die Ferien zu verbringen, an und reduzierte sie auf null. Aber man kennt das ja, die Erde dreht sich weiter, das Leben bringt Neues und Menschen verändern sich. Alle. Nur ich nicht. Und deshalb habe ich für Campingurlaub auch im zarten Alter von 45 nichts übrig. "Noch weniger übrig als früher" müsste es eigentlich heißen, weil ich träger und bequemer geworden bin, aber da ich damals schon nichts dafür übrig hatte, geht's ja nicht noch weiter runter.

Blöd ist in einem solchen Fall halt, wenn man sich in eine Frau mit Wohnwagen verliebt. Mit Wohnwagen und Vorzelt, fest montiert auf einem Campingplatz im Voralpenland. Dann hat man nämlich nur zwei Möglichkeiten. Man passt sich an.

Also blieb mir nichts anderes übrig, ich musste mich mit dem Gedanken anfreunden, das Osterfest "im Wohnwagen" zu verbringen. "Im Wohnwagen" steht dabei stellvertretend für den Campingplatz mit all seinen Annehmlichkeiten und der unberührten Natur rundherum. Zumindest wurde es mir so verkauft und als Mann von Welt will man natürlich trotz unumstößlicher Meinung seinen guten Willen beweisen.

Und tatsächlich konnte man auf gut ausgebauten Autobahnen vorbei an Einkaufszentren durch die unberührte Natur fahren. Hin zum idyllisch zwischen einem Fluss und dem See gelegenen Campingplatz. Zurück zur Natur fühlte man sich auch versetzt, wenn man die Plätze der Dauercamper anschaute. Da sieht man Zäune, Gärten, gemauerte Grillplätze und vor allem Satellitenschüsseln an jedem Wagen. Na ja, nicht an jedem. An jedem außer an unserem. So viel zum Thema Schlagerspiel der Bundesliga.

Sei's drum, immerhin lag unsere Parzelle am Rande der Anlage und der durch andere Camper verursachte Verkehr vor unserem Platz beschränkte sich auf das seltene Erscheinen unserer griesgrämigen Nachbarn, die beide ein Gesicht zur Schau stellten, das perfekt zu meiner Begeisterung gepasst hätte. Ich hingegen lächelte vor mich hin und erweckte so den Eindruck, dass ich nicht voreingenommen wäre.

Seitlich neben Wohnwagen/Vorzelt befindet sich ein Stück Rasen, das zum Ausspannen auf dem Liegestuhl einlädt, das Vorzelt ist geräumig und der Wohnwagen selbst ausreichend groß. Allerdings stieß ich bei der ersten Inspektion auf Zeichen längst ausgestorbener Kulturen oder wahlweise nichtirdischen Lebens. Die kombinierte Wasch- und Toilettenzelle konnte unmöglich für durchschnittlich gebaute Mitteleuropäer konzipiert worden sein.

Na ja, sagen wir unmöglich für Bewohner mit meinem Körperbau konzipiert worden sein. Bei einem Probesitzen musste ich extrem behutsam vorgehen, um nicht allerlei herumstehende Utensilien umzuwerfen. Die Beinfreiheit entsprach in etwa einer handelsüblichen Aktentasche und die lichte Weite reichte gerade mal so. Diese Enge und die Tatsache, dass in einem WC unter Umständen Geräusche und Gerüche entstehen, die bis auf einige Fliegenarten auf wenige Lebewesen angenehm wirken, entschied ich mich spontan, die eigene Toilette nur im Notfall zu benutzen.

Damit hatte ich freilich nicht etwa die bessere Lösung gefunden sondern lediglich das kleinere Übel gewählt. Selbst im Sommer bei angenehmen Temperaturen macht es nur bedingt Spaß, wenn man gemütlich im Bett liegt und sich dann so anziehen muss, dass man sich der Öffentlichkeit zeigen kann, um die rund 250 Meter zur Toilette zurückzulegen. Andererseits unterstützen solche Umstände meine andauernden Bestrebungen Gewicht zu verlieren. Einerseits durch einen deutlichen Anstieg der körperlichen Betätigung und andererseits durch die drastische Reduzierung der Nahrungsaufnahme, um die Zahl der notwendigen Toilettengänge auf ein Minimum zu reduzieren.

Hatte ich erwähnt, dass das Vorzelt geräumig ist? Das ist grundsätzlich zwar richtig, aber leider nur dann, wenn man sich Gasgrill, Bollerwagen, Fahrräder und Liegestühle wegdenkt ... oder die Sachen nach draußen stellt. Der erholsame Campingurlaub beginnt also zunächst einmal mit mehr körperlicher Arbeit als ich in einem Monat im Büro verrichten muss. Außerdem gilt es die Fensterabdeckungen aufzurollen, den Strom einzuschalten, mitgebrachte Kleidung in den zahlreichen Schränken zu verstauen, die Lebensmittel und die Getränke in den Kühlschrank zu räumen und zwei Kanister an der etwa 100 m entfernten Wasserstelle aufzufüllen. Und schon nach wenigen Stunden ist alles so weit bereit, dass der Urlaub beginnen kann.

Es sei denn es ist kalt. Dann muss man nämlich die Heizung noch in Betrieb nehmen. Aber dazu gleich mehr. Zunächst einmal muss die Frage erlaubt sein, weshalb man ausgerechnet dann in die Alpen fährt, wenn die Temperaturen nicht einmal plus 10°C erreichen und die Sonne zwar scheint, ihre wärmende Wirkung (physisch wie psychisch) aber durch eine dicke Wolkendecke soweit gedämpft wird, dass man gerade mal noch merkt, dass es Tag ist. Erlaubt ist die Frage übrigens tatsächlich, das bedeutet aber nicht zwangsläufig, dass man eine Antwort bekommt, die über ein Augenrollen hinausgeht. Ich war allerdings in der beneidenswerten Lage doch eine zu bekommen. Sie lautete: "Deshalb!".

Eine Antwort, die in der Kommunikation der Geschlechter als Beispiel für deren interessante Ausprägung dienen kann, da sie nur in eine Richtung funktioniert. Während ein Mann sich damit abfinden muss, dass mit dieser Antwort alles gesagt ist, sollte er nicht dem Glauben verfallen, umgekehrt wäre damit auch nur ansatzweise eine ausreichende Antwort gegeben. Ganz im Gegenteil! Würde ein Mann auf die Frage, weshalb denn schon wieder ein neuer Fernseher gekauft werden müsse, wo doch erst kürzlich der Farbfernseher angeschafft worden sei, mit "Deshalb" antworten, würde diese Antwort nicht nur nicht als Antwort akzeptiert, sie würde gleichzeitig als Mangel an Kommunikationsfähigkeit oder im schlechteren Fall als Mangel an Kommunikationswillen und damit als Provokation gewertet.

Aber zurück zur Heizung. Die wenigsten Wohnwagen verfügen über eine Zentralheizung, wie ich mit Bedauern feststellen musste. Deshalb konnte man die Heizung auch nicht einfach aufdrehen sondern musste zunächst die Gasflasche öffnen, um dann den Gasbrenner zu zünden, worauf sich wohlige Wärme im Wohnwagen ausbreiten würde. Auf diese Formulierung komme ich gleich noch einmal zurück. Nun erschließt es sich auch dem Campinglaien, dass die besagte Gasflasche sich nicht im Wohnbereich des Wohnwagens befindet. Der tatsächliche Aufenthaltsort wurde mir natürlich präzise beschrieben und so machte ich mich daran, den Gasgrill, den Bollerwagen und die Liegestühle ein zweites Mal in die Hand zu nehmen, da ich sie zuvor natürlich genau vor jene Klappe in der Außenwand des Wohnwagens gestellt hatte, hinter der sich die Gasflasche befindet.

Die Aussicht auf die eben erwähnte wohlige Wärme ermöglichte es mir über die Schmerzen in meinen fast erfrorenen Fingern hinwegzusehen. Unglücklicherweise hatte ich vergessen für den Campingaufenthalt Winterhandschuhe einzupacken. Leider war es mit dem Öffnen des Ventils an der Gasflasche noch nicht getan. Die Heizung selbst musste nämlich auch noch in Gang gebracht werden. Wie? "Keine Ahnung, die habe ich noch nie benötigt." Na prima, ausgerechnet ich muss herausfinden, ob Gefriercamping mit diesem Wohnwagen möglich ist.

Es klingt fast zu schön um wahr zu sein, doch in den zahlreichen Schränken fand sich tatsächlich die Betriebsanleitung mit Hilfe derer ich das Gerät tatsächlich in Gang brachte. Nicht ohne zuvor die Abdeckung abgenommen und hier und da etwas gezogen oder gerückt zu haben. Dass beim Zusammenbau der Drehregler abfiel und wieder aufgesteckt werden musste, hinderte mich nicht daran kurze Zeit später in meinen wohlverdienten Schlaf zu sinken.

Ich hatte oben darauf hingewiesen, dass der Satz bezüglich der wohligen Wärme im Wohnwagen noch weiterer Erklärung bedarf. Teil eins dieser Erklärung bezieht sich auf den Begriff "wohlig". Dieses Wort kann man durch "angenehm" und/oder "gemütlich" ersetzen. Nun gehöre ich zwar zu dem Teil der Menschheit, der gerne kühl schläft. Auch im Winter bleibt das Fenster im Regelfall einen Spalt geöffnet. Es ist allerdings ein Unterschied, ob man in einem Gebäude oder einem Wohnwagen schläft, der zwar isoliert ist, aber dennoch schneller Wärme verliert als ein modernes Haus. Ein modernes Haus ist übrigens eine Errungenschaft, die ich je mehr schätze je öfter ich beim Campen war. Wie dem auch sei, um am Morgen nicht erfroren aufzuwachen, beschlossen wir die Heizung anzulassen. Natürlich nur auf niedrigster Stufe.

Natürlich. Blöd nur, dass ich den Drehregler falsch aufgesteckt hatte und in der Folge die scheinbar niedrigste Stufe immer noch der Stufe 7 von 10 entsprach. Das sprengt definitiv den Rahmen von wohlig, angenehm und gemütlich, vor allem dann, wenn man zu zweit unter einer Decke liegt und diese Decke zudem auch in den polaren Regionen der Erde Anwendung finden könnte. Statt zu erfrieren, wäre ich also fast gegart aufgewacht. Tatsächlich kam ich mir so vor (und fühlte mich auch so an) als habe ich einige Stunden in der Sauna gelegen. Und bekanntlich sollte man nach dem Saunagang ins Abkühlbecken steigen oder nach draußen in die Kälte gehen.

Das war nun wirklich nicht meine Absicht, gelang mir aber dennoch, womit ich zum zweiten Teil meiner Erklärung komme, bei der es noch immer um den Satz "wohlige Wärme im Wohnwagen" geht. Schlüsselwort ist hier nun "Wohnwagen". Im Vorzelt, das ich schweißnass betrat, herrschten nämlich gerade mal plus 5°C. Und als ob es noch nicht genug gewesen wäre, dass von der Hitze in die Kälte, also vom Regen in die Traufe kam, stellte ich auch noch fest, dass das Wetter sich nicht etwa gebessert hatte. Nein, nun schneite es auch noch.

Ich bin nicht ganz sicher, ob ich das schon mal irgendwo erwähnt hatte, aber der Winter liegt in meiner persönlichen Jahreszeitenhitliste abgeschlagen auf Rang fünf. Wie den vorangegangenen Zeilen zu entnehmen ist, bin ich kein Campingfan. Beides zusammen sprengt nun aber den Rahmen des Erträglichen und so machte ich meinem Unmut auch deutlich Luft indem ich in eindeutigem Tonfall sagte: "Es schneit!". Viel fröhlicher als mir zu Mute war, klang die Antwort aus der Sauna: "Und?".

Hatte ich schon einmal erwähnt, dass solche Antworten im Regelfall bei intergeschlechtlicher Kommunikation nur in eine Richtung funktionieren? Während ihr "Und?" an dieser Stelle völlig ausreichend zu sein schien, würde ich es ziemlich sicher bereuen, wenn ich auf die Feststellung, dass ich die Klobrille - schon wieder - nicht heruntergeklappt habe, auch mit "Und?" antworten würde.

Sei's drum. Mein vehementes und unmissverständliches Schmollen zeigte Wirkung und wir zogen los, um eine Heizung zu kaufen. Eine Zentralheizung lag außerhalb des Budgets aber ein kleiner Petroleumofen oder eine mobile Gasheizung würde ja auch reichen.

Schnee an Ostern. Das ist schon bei uns am Hochrhein nur selten der Fall, kommt aber durchaus vor. Und wenn dem sogar in einer der wärmeren Gegenden Deutschlands so ist, so darf man davon ausgehen, dass diese Wetterlage für ein Feriengebiet mitten in den Alpen keine Seltenheit ist, oder?

Ok, ich erwartete nicht unbedingt, dass Streusalz und Schneeschaufeln die Auslagen schmücken, aber so wie man im Spätsommer die ersten Dominosteine und Lebkuchen im Supermarkt anpreist, so konzentrierte man sich hier inzwischen auf den Sommer. Rasenmäher, Grills, Pavillons, Tauchausrüstungen und Angeln. Aber keine Heizungen. Nirgends. Zumindest in den ersten fünf Anlaufstellen. Kurz bevor ich schon vorschlagen wollte stattdessen eben nach Skianzügen, Wärmflaschen und Wolldecken zu suchen, fanden wir in einem abgelegenen Baumarkt doch noch die gewünschte Heizung.

Eine Zeitschaltuhr suchte man an diesem Gerät natürlich vergeblich und so musste am nächsten Morgen doch noch jemand in die Kälte, um den Ofen anzuwerfen und das Vorzelt so auf eine annehmbare Frühstückstemperatur zu bringen. Und wenn ich in einer solchen Konstellation von "jemand" spreche, dann meine ich selbstverständlich mich. Ein kleiner Preis, verglichen mit dem Tod durch erfrieren …

Die lieben Kleinen

Die lieben Kleinen. Es gibt wenige Floskeln, die derart verniedlichen, was in Wirklichkeit dahinter steckt. Oder lauert! Natürlich ist es häufig pure Freude und reines, unverfälschtes Glück. Manchmal aber, und sicher nicht nur in Ausnahmefällen, ist es weniger lustig. Um es mal ganz vorsichtig zu formulieren.

Es ist nicht meine Art, mich über die Vorzüge von Kindern auszulassen. Ich fand noch nie ein Baby süß und bin auch außer Stande einem einen Monat alten Säugling Ähnlichkeiten zu Mutter, Vater oder anderen Verwandten anzudichten. Mit Ausnahme der Hautfarbe vielleicht. Ich gehöre auch nicht zur Sorte Eltern, die ihre Kinder auf ein Podest heben, wodurch alles was die lieben Kleinen tun, außergewöhnlich beeindruckend ist, während alles was den lieben Kleinen von bösen Kleinen angetan wird, einem furchtbaren Verbrechen gleichkommt. Nun soll es nicht so klingen als wenn ich Kindern gleichgültig oder gar ablehnend gegenüber stünde. Nein, ganz im Gegenteil. Schon oft haben mir die lieben Kleinen ein Lächeln ins Gesicht gezaubert und meinen Alltag aufgeheitert. Und das gilt noch nicht einmal nur für meine eigenen Kinder. Nein, wenn ich mir im Fernsehen "Die witzigsten Kinderpannen" anschaue, lache ich mir regelmäßig einen Ast.

Aber zurück zum Thema und das ist zur Beruhigung meiner Leserschaft natürlich der Aspekt unseres Nachwuchses, der uns das Leben schwer macht. Dabei sind es häufig noch nicht einmal die Kinder selbst, die Anlass zu wiederholtem Augenverdrehen sind, sondern Lehrer, Ärzte, Trainer oder Eltern anderer Kinder. Oder es ist einfach das, was andere Leute über mich und den Nachwuchs denken.

Vor vielen Jahren begab es sich einmal, dass mein Sohn ein wenig Pech hatte, als er im Kindergarten seinem Bewegungsdrang nachgab. Er trat den Beweis an, dass beim Kampf Betonkante gegen Gesicht, erstere weniger Schaden davon trägt. Glücklicherweise zog er sich dabei nur eine Risswunde am Auge und eine böse Prellung zu und stach sich nicht das Auge aus. Dennoch schwoll das Gesicht an und erblühte danach farbenfroh. Diese Optik blieb noch erhalten lange nachdem die Schmerzen verklungen waren und das arme bemitleidenswerte Bübchen wieder zum launischen Racker geworden war.

Als Sohnemann eines Tages mal wieder besonders schlecht aufgelegt war, traf dieser Zustand mit der Notwenigkeit zusammen, einige Einkäufe zu erledigen. Fortgesetzte Provokationen führten dazu, dass er im Sitz des Einkaufswagens landete weil er dort besser kontrollierbar war. Zumindest was die Fluchtgefahr betraf. Ruhig war er deshalb noch lange nicht. Und so fuhr ich mit einem zeternden Kind zum gut gefüllten Kassenbereich, wo es aufs Neue Zoff gab, weil ich mich weigerte das Verhalten meines Sohnes auch noch mit zu Recht als Quengelware bezeichneten Süßigkeiten zu belohnen.

In seiner Rage zusätzlich befeuert durch die sitzplatzbedingte Machtlosigkeit entlud sich der Gefühlsstau meines lieben Kleinen durch den Ausruf "Du Arschloch!".

Ich schiebe also ein kreischendes Kind zur Kasse, dessen Gesicht geschwollen ist und grün und blau leuchtet und das seinen Vater mit einem deutlich vernehmbaren Schimpfwort betitelt. Noch Fragen?

Es wundert mich, dass ich nicht von Passanten bis zum Eintreffen des Jugendamtes festgehalten wurde. Zumal die tatsächliche Ursache der Blessuren ein Sturz war. Das klingt doch fast gar nicht nach einem gängigen Filmklischee, oder? Nein, meine Frau wurde nicht verprügelt, sie ist gegen die Tür gelaufen. Ja ja, ist klar!

Es muss eine Prüfung des Schicksals gewesen sein, da sich mein Sohn weder vorher noch seither jemals wieder einer solchen Wortwahl bedient hat, wenn er wütend auf mich war. Nur an diesem Tag, in dieser Situation und mit diesem Gesicht. Ja ja, die lieben Kleinen.

2x2

Wer heutzutage noch ohne Mobiltelefon unterwegs ist, wird automatisch zum Außenseiter. Und das ist auch gut so. Diese Fortschrittsverweigerer wollen es ja nicht anders. Ich behaupte nicht, dass man sich von diesem kleinen (oder inzwischen gar nicht mehr so kleinen) Gerät knechten lassen und wirklich auf jeden Pieps reagieren muss. Aber man kann doch wohl erwarten, dass man seinen Mitmenschen eine SMS senden kann oder er wenigstens ab und zu mal (also zwei, drei Mal pro Stunde) die Mails checkt. Wie soll man andere informieren oder sich mit jemandem verabreden, wenn dieser nicht erreichbar ist? Je mehr ich darüber nachdenke, desto asozialer kommen mir die Leute vor, die sich schlicht weigern, sich ein Mobilfunktelefon zu beschaffen.

Und wenn ich dann auch noch die Ausreden für die selbstgewählte Isolation höre, dann verstehe ich die Welt nicht mehr. "Brauche ich nicht!" Pah! Als wenn das ein Grund wäre. ICH brauche das aber. Ich muss wissen, dass ich Dich erreichen kann, wann immer es mir gerade einfällt. So sieht's nämlich aus.

Deshalb habe ich natürlich auch Handys. Zwei. Eins von meinem Arbeitgeber in der Schweiz und mein Privates. Letzteres erfüllte inzwischen meine Ansprüche nicht mehr, weil es kein Smartphone ist sondern eher ein Möchte-gern-smart-sein-Phone. Es gibt einige Leute, die behaupten, es sei nicht das Telefon, dem es an Smartheit mangele, sondern sein Besitzer. Dafür fehlt bislang aber jeder belastbare Beweis. Spielt aber auch gar keine Rolle. Tatsache ist, dass ich ein neues noch smarteres Telefon haben wollte. Natürlich völlig unbeeinflusst vom Internet und der Werbung, sollte es ein ganz neues Lumia 920 von Nokia sein.

Nicht zuletzt die Aussicht auf dieses Modell bewog mich dazu, meinem bisherigen Mobilfunkanbieter den Rücken zu kehren und mein Paket bei 2x2 (Namen von der Redaktion geändert) zu erweitern, wo ich bereits den Internet- und den Festnetzanschluss habe. Eine Entscheidung, die ich bereuen sollte. Und das trotz der massiven, um nicht zu sagen penetranten Werbung von 2x2, die mir suggeriert, dass meine Probleme (die es ohnehin fast nie geben wird) innerhalb eines Werktages behoben würden.

Es begann, wie so oft, völlig harmlos. Mein alter Vertrag lief Anfang Januar 2013 ab, kündigen musste ich ihn natürlich vorher, was ich auch fristgerecht tat. Um nichts dem Zufall zu überlassen hatte ich mich vorher bei 2x2 erkundigt, wie denn das liefe mit der Rufnummernmitnahme. Alles kein Problem, hörte ich vom Anbieter, ich müsse das bei Vertragsabschluss einfach mitteilen und dann ginge das klar. Schön dachte ich mir und bewarb mich um einen neuen Mobilfunkvertrag. In Anlehnung an den Standard-Dönerbestellsatz "mit allem und scharf" war der Vertrag mit allem und Handy. Aber nicht nur das, es war sogar mit allem und dem Lumia 920. Hatte ich mich doch schon so darauf gefreut und immer wieder die 2x2-Seite besucht, um zuschlagen zu können, wenn das Lumia endlich bei den angebotenen Handys auftaucht.

Ich erhielt sehr schnell eine Bestätigung mit der Auskunft, man wolle den neuen Vertrag aktivieren, sobald es möglich sei (schließlich musste ich ja wegen der Nummer warten, bis der alte Anbieter die Nummer freigibt oder der Vertrag ausläuft). Voller Vorfreude und ohne durch die wiederkehrenden Rückschläge nur im Mindesten darin beeinträchtigt zu sein, schaute ich täglich in den Briefkasten und hoffte die Bestätigungskarte des Paketdienstes zu finden, die mir ermöglichte, endlich ein smartes Telefon mein Eigen zu nennen. Zu diesem Zeitpunkt, es war noch nicht einmal Weihnachten rechnete ich natürlich nicht wirklich damit, diese Karte zu finden, hatte aber dennoch meinen Spaß. Verärgert war ich nicht, warum auch?

Interessanterweise erhielt ich dann aber kurz vor Weihnachten eine Mail von 2x2, in der das Unternehmen sein Verständnis für meine Verärgerung bekundete. Meine Verärgerung darüber, dass es bei der Auslieferung des Telefons zu Verzögerungen komme. Hä? Hatte ich da was verpasst? War ich verärgert ohne es bemerkt zu haben? Und woher zum Teufel wusste 2x2 etwas über meinen Gemütszustand, das ich noch nicht mal bemerkt hatte? Sehr seltsam. Den Rest der Mail verstand ich dann aber problemlos. Ich könne ein Telefon einer anderen Marke haben zusammen mit einer Gutschrift über 50 EUR auf die erste Rechnung.

Tolle Sache und ein verlockendes Angebot. Aber was nutzt es mir, wenn ich doch das Lumia 920 haben will? Ich lehnte also dankend ab und versuchte in der Mail auch vorsorglich deutlich zu machen, dass ich nicht verärgert sei, zumal mein alter Vertrag ja eh noch bis zum sechsten Januar lief. Ich wollte ja nicht, dass jemand bei 2x2 wegen mir ein schlechtes Gewissen haben muss. Allerdings verwies ich darauf, dass ich nun, da ich das Angebot abgelehnt hatte, davon ausginge, dass ich dennoch übergangslos weitertelefonieren können würde, weil mir dann eben zunächst nur eine SIM-Karte zugeschickt würde.

Die folgende Schilderung ist reine Spekulation und lässt sich nicht einmal ansatzweise beweisen. Sie beschreibt lediglich was in meiner Vorstellung nach Eingang meiner Antwort bei 2x2 passiert sein könnte. Demnach las ein Mitarbeiter meine Mail und kam aus dem Kopfschütteln gar nicht mehr heraus. Nicht genug damit, dass der Kunde (hier: ich) das äußerst entgegenkommende Angebot nicht annehmen wollte. Nein, er stellte sogar Forderungen und wollte einfach so weitertelefonieren. Und um dem Ganzen die Krone aufzusetzen, behauptete er auch noch gar nicht verärgert zu sein und enttäuschte damit das ganze Supportteam, das ja schon vorsorglich Verständnis für die Verärgerung gezeigt hatte.

Und so saß man dann in einer Teamsitzung bei 2x2 zusammen und überlegte, wie man auf meine Provokation antworten solle. Mir das Alternativtelefon einfach aufzuzwingen ließ sich nicht machen und telefonieren würde ich so oder so irgendwann wieder. Aber an der Verärgerung konnten sie arbeiten. So lautete das Motto fortan: Du ärgerst Dich nicht? Du wirst Dich ärgern!

Wie gesagt, ich kann nur mutmaßen, dass es sich so abgespielt hat, wenn ich mir aber das Ergebnis ansehe, dann klingt meine Version gar nicht mehr so weit hergeholt. Die Zeit ging nämlich ins Land ohne dass ich nochmal etwas vom 2x2-Kundendienst gehört hätte. Weihnachten ging vorbei und Silvester. Und dann auch der Tag, an dem mein alter Vertrag endete. Schade eigentlich. Nun hatte ich gerade ein neues Telefon von meinem Arbeitgeber erhalten und war deshalb wenigstens Teilsmart. Von daher war ich nicht vollends asozial, da dieses Gerät aber im schweizerischen Mobilfunknetz lief, wurde es für meinen Bekanntenkreis deutlich teurer in Verbindung zu bleiben. Trotzdem war ich noch einigermaßen entspannt.

Eine Woche später, so Mitte Januar aber nicht mehr so sehr. Deshalb schrieb ich 2x2 eine Mail und fragte mal nach, was denn so Sache sei. Die Antwort war so aussagekräftig wie man es von einem großen Anbieter erwarten darf. Gar nicht. Leider käme es aufgrund der vielen Anfragen bla bla bla und man werde zeitnah bla bla bla. Zeitnah. Ein tolles Wort. Fast so schön wie "zielführend" oder "proaktiv". Ist aber auch egal, immerhin hatte ich das Gefühl, dass jemand meine Mail gelesen hatte. Bezugnehmend auf das von mir gezeichnete Szenario im Support-Team, nehme ich an, dass mit dieser Mail Stufe 2 des Projekts "Du wirst Dich ärgern" eingeleitet wurde.

Kurze Zeit später erhielt ich per Mail die Bitte, den Kontakt zum Support zu bewerten. Man wolle den Service weiter verbessern und das könne man am besten, wenn ich mich mitteilte. Also füllte ich die Bewertung aus, die logischerweise nicht sonderlich gut ausfiel und machte dabei einen entscheidenden Fehler. Ich klickte auch das Feld an, mit dem ich eine weitere Kontaktaufnahme einforderte. Daraufhin erhielt ich eine weitere Mail. Da man das Problem im persönlichen Gespräch sicher besser lösen könne, würde man mich gerne anrufen. Hm, schrieb ich zurück, das ist nicht so einfach.

Tagsüber im Büro will ich solcherlei private Angelegenheiten nicht besprechen. Aufgrund einer Fernbeziehung bin ich in meiner Freizeit kaum zu Hause. Aber auf dem Handy geht's. Ach nee, ich hab ja schon 14 Tage keins mehr. Neben dieser kleinen Spitze, die ich mir einfach nicht verkneifen konnte, habe ich noch geschrieben, dass es mich zwar ehrt, dass man das persönliche Gespräch suche, meiner Ansicht nach ein solches aber nicht nötig sei, weil die Aufgabenstellung ja klar sei. Ich möchte einfach nur wissen, wann ich mit meinem Telefon rechnen kann.

Stufe 3 folgte sogleich. In der nächsten Mail wurde mir erklärt, dass der Hersteller nicht liefern könne und das Lumia deshalb nicht mehr angeboten werden könne. Man wolle mir aber schnellstmöglich ein neues Alternativangebot unterbreiten! So langsam begann der Plan aufzugehen, ich begann mich zu ärgern. Weil ich mein Telefon nicht bekommen würde und weil ich inzwischen sozial im Abseits stand.

Es vergingen nur wenige Tage, da erhielt ich eine weitere Mail. Man informierte mich, dass die beauftragte Rufnummernmitnahme nicht mehr durchführbar sei, weil dies innerhalb von 90 Tagen nach Vertragsende passieren müsse und diese Zeitspanne nun eben vorbei sei. Na prima. Jetzt ziehen sie alle Register. Allerdings wollte ich dann doch nicht glauben, dass in den 30 Tagen seit Vertragsende schon 90 Tage vergangen sein sollten. Gänzlich ohne den mir sonst innewohnenden Optimismus wies ich den Support auf den Rechenfehler hin und gab mich demzufolge auch nicht der Hoffnung hin, da sei noch etwas zu retten.

Ich sollte Recht behalten. Man bedauere es sehr, mein Auftrag zur Rufnummernmitnahme sei versehentlich (wer's glaubt … ich konnte mir vorstellen, wie der Support vor Lachen unter dem Tisch lag) storniert worden, ich möge die Mitnahme meiner alten Rufnummer doch bitte neu beauftragen. Obwohl ich wirklich ein geduldiger Mensch bin, bemerkte ich inzwischen eine deutlich gestiegene Pulsfrequenz. Im Interesse meiner Umwelt ging ich deshalb in den Keller und brüllte die Wand an.

Danach war ich wieder so weit gefasst, dass ich die beiden nächsten Mails von 2x2 verkraften konnte. Mail 1 erklärte mir, dass man sich freue, mir mitteilen zu können, dass meine neue 2x2 SIM-Karte auf dem Weg zu mir sei. Ich hätte mich - nicht zuletzt wegen meiner Brülltherapie - um ein Haar auch mitgefreut, wäre dieser Info nicht ein weiterer Satz gefolgt: Die SIM-Karte ist bereits aktiviert - einfach in das Gerät einstecken und los geht's.

Hatten Sie schon einmal Schaum vor dem Mund? Ich in diesem Moment schon. Zumindest bildete mich mir das ein. Der Support hatte Erfolg, ich ärgerte mich. Und zwar so sehr, dass nun die Wand meines Büros dran glauben musste und ich auch keine Rücksicht mehr auf meine Umwelt nahm. Während sich deshalb vor meinem Fenster die Schaulustigen sammelten und mein Nachbar von unten mit seinem Besen Löcher in die Decke klopfte, las ich dann die zweite Mail, die eingegangen war. Mein 2x2-Paket sei soeben verschickt worden. Zur Erleichterung meines Nachbarn und meiner Stimmbänder ließ mich diese Info abrupt verstummen. Und sie brachte mich gleichzeitig ins Grübeln.

OK, eine SIM-Karte, das verstehe ich noch. Die kann ich ja auch in ein anderes Gerät einstecken und dann zumindest wieder telefonieren. Aber was sollte das zweite Paket? Ich wartete zwar noch immer auf das versprochene Alternativangebot, aber das würde doch dann eher per Brief denn als Paket versendet, oder? Vielleicht war aber auch schon das Alternativhandy selbst auf dem Weg zu mir. Dies hielt ich aber für sehr gewagt, weil ich ja schon recht früh deutlich gemacht hatte, dass ich das Lumia haben will. Und an einen Präsentkorb als Entschuldigung wollte ich nun wirklich nicht glauben.

Und auch mit dieser Annahme lag ich richtig. Es war weder das Alternativhandy noch eine Entschuldigung. Es war mein neues Lumia 920.

Mir ist klar, dass es in der heutigen Zeit immer ausgefeiltere Werbe- und Kundenbindungsstrategien gibt und dass bei manchen davon auch billigend in Kauf genommen wird, dass der Kunde zunächst verstimmt ist. Natürlich nur um ihn danach mit dem tollen Service wieder zu Begeistern. Ich habe meine Zweifel, dass 2x2 bei mir eine solche Strategie verfolgt hat (und wenn doch, dann habe ich eben Zweifel an der geistigen Gesundheit der Verantwortlichen) aber die Alternative ist auch nicht viel besser. Dann müsste ich mich damit abfinden Kunde bei einem Anbieter zu sein, der sich vor allem durch seine stümperhafte Kundenbetreuung auszeichnet.

Aber immerhin bin ich jetzt wieder wer. Das weiß zwar noch keiner, weil ich ja eine neue Nummer habe, aber wozu habe ich denn die SMS-Flat, wenn nicht für solche Fälle.

Die armen Hunde

Wenn man Freunde besucht, deren Haus man noch nicht gesehen hat oder aber Freunde einlädt, die die eigene Wohnung noch nicht gesehen haben, bietet sich in der Regel eine kleine Führung an. Je nachdem wie gut diese Freundschaften sind, fällt die Begeisterung überschwänglich oder eher verhalten aus. Wirklich guten Freunden kann man durchaus sagen, dass die Farbe des neuen Bades verdächtigt wird Augenkrebs zu verursachen und deshalb als gesundheitsgefährdend eingestuft werde müsste. Bei weniger guten Freunden sagt man sowas natürlich noch deutlicher. Allerdings erst auf der Heimfahrt. Aber das nur am Rande.

Analysiert man eine solche Führung nach geschlechtsspezifischen Mustern, kann man bei Männern durchaus eine Art Interessenhitliste zusammenstellen. Dabei rangiert das Wohnzimmer im Allgemeinen mit deutlichem Abstand auf Rang eins. Mit geschultem Blick erfasst der Mann Art und Größe des aufgestellten TV-Gerätes und Art und relative Position der Sitz-/Liegegelegenheit. Beides wird in Echtzeit mit den eigenen Vorlieben abgeglichen und das abschließende Urteil eventuell durch das Vorhandensein oder eben das Fehlen einer Home-Cinema-Anlage abgerundet.

Ein gut ausgestatteter Hobbyraum, am besten noch mit direktem Zugang zur Garage in dem ein neuer Aufsitzrasenmäher und/oder ein, in mittlerem Restaurierungszustand befindlicher Oldtimer und/oder ein neuer SUV steht, folgt in dieser - zugegebenermaßen nicht unter wissenschaftlichen Gesichtspunkten ermittelten - Hitliste auf dem zweiten Platz. Dabei spielt es übrigens überhaupt keine Rolle, ob der Hobbyraum überhaupt genutzt wird, der Aufsitzrasenmäher maßlos überdimensioniert scheint im Hinblick auf die vier Quadratmeter Rasen oder der Oldtimer in eben diesem mittleren Restaurierungszustand gekauft wurde.

Rang drei bedeutet bei einem Mann normalerweise schon einen der hinteren Plätze und den belegt meist die Küche. Dabei muss man allerdings kochende und nicht kochende Männer unterscheiden. Der kochende Mann kann sich durchaus ehrlich für eine praktisch und mit den neuesten Geräten ausgestatteten Küche begeistern, während der nicht kochende Mann von den Geräten vor allem den großzügigen Kühlschrank bemerken wird, der ausreichend Platz zum Kaltstellen von Getränken bietet und eventuell sogar mit einem Eiswürfelspender aufwarten kann.

Dicht dahinter, nichtsdestotrotz noch weiter hinten auf der Liste, folgt das Bad, das im Regelfall nur unter rein praktischen Gesichtspunkten beurteilt wird. Wie gut ist die Ausleuchtung beim Rasieren und wie weit muss ich mich aus der Dusche lehnen, damit ich mein Handtuch greifen kann?

Ein Schlafzimmer wird einen Mann höchstens dann in Erinnerung bleiben, wenn über dem Bett ein Spiegel an der Decke befestigt ist oder die Riemen in den vier Ecken des Bettes vom Hausherren nicht gut genug versteckt wurden.

Die Toilette hingegen ist so etwas von uninteressant, dass es durchaus vorkommen kann, dass der Gast nach der Führung fragt, wo die Toilette ist, wenn er einen Druck auf der Blase verspürt. Eine im Rahmen bleibende Geruchsbelastung und ein gewisses Maß an Sauberkeit ist alles was ein Mann von einer Toilette erwartet. Deshalb kann er auch an Volksfesten neben zehn anderen Männern in die Rinne pinkeln ohne danach mit den Freunden zehn Minuten über die untragbaren hygienischen Zustände diskutieren zu müssen.

Derart mit einfachem Gemüt ausgestattet sieht ein Mann liebevoll gestaltete Dekoration in der Toilette der Gastgeberin einfach nicht. Konkret darauf angesprochen stellt ein Mann bestenfalls fest, dass hier die Kerzen wesentlich besser aufgehoben sind als zwischen Fernseher und Sofa.

Ich bin kein Anhänger der Geschlechtergerechtigkeit in der Sprache oder auf Verkehrsschildern. Ich weigere mich bei jeder Gelegenheit beide Varianten zu nennen oder gar auf neutrale Wörter zurückzugreifen, um zu vermeiden, dass sich die Frauen benachteiligt fühlen. In meiner Welt bezeichnet Gastgeber sowohl den Herren als auch die Dame des Hauses. Wenn ich speziell die Frau meine, dann verwende ich die weibliche Form. Wie zum Beispiel bei der Dekoration in der Toilette. Hier spreche ich von der Gastgeberin, weil der Mann im Haus aus eben dargelegten Gründen nicht in der Lage ist, eine Toilette zu dekorieren.

Meine Toilette ist überwiegend in grün gehalten. Eine grüne Kerze, kleine grüne Kartonboxen mit unbekanntem Zweck, Schmetterlinge mit grünem Muster am Spiegel, ein grüner Vorleger und grüne Handtücher. Auch der Seifenspender hat einen grünen Kopf. Die alte Seife roch zwar besser, hatte aber einen in blau. Nichts davon stammt von mir und ich hätte es vermutlich nicht einmal bemerkt, hätte die Seife nicht anders gerochen.

Bis hierhin also nichts Ungewöhnliches. Nun aber komme ich zu einem Vorfall, der mich doch länger beschäftigt hat, als man annehmen sollte. Ich führe ihn auf ein kurzfristiges Aufblitzen meiner femininen Seite zurück, die angeblich ja jeder Mann hat. In stark unterschiedlicher Ausprägung versteht sich.

Sei's drum, ich war wieder einmal einkaufen und dachte überraschender Weise endlich mal daran, dass ich noch Toilettenpapier brauche. Nun will ich nicht übertreiben und behaupten für Hygienepapiere gäbe es im Supermarkt meiner Wahl einen eigenen Anbau, dennoch ist die Auswahl wesentlich größer als früher. Damals hatte man die Wahl zwischen ein- oder zweilagig und später kam noch Recycling hinzu, das in der Anfangsphase an Schmirgelpapier erinnerte und entsprechend verpönt war.

Nun aber finden sich unzählige Marken und Ausführungen in den Regalen. Ein- und zweilagiges Toilettenpapier findet man nur noch in Fachgeschäften für Niedrigpreishotels oder heruntergekommene Bahnhofskneipen. An ihre Stelle sind drei- und vierlagige Papiere getreten, die in unterschiedlicher Ausführung zu haben sind. Mit Kamille, frischem Duft und/oder augenschmeichelndem Muster. Letzteres bringt mich wieder zum Thema. Ich stand da also vor dem Regal und hatte den spontanen Einwurf meiner femininen Seite folgend, doch ein Toilettenpapier zu kaufen, das sich farblich in das Gesamtbild meiner Toilette einfügt. An dieser Stelle muss ich nochmals darauf hinweisen, dass ein Mann mit weniger ausgeprägter femininer Seite beim Gesamtbild der Toilette vermutlich lediglich die Kloschüssel oder das Pissoir vor dem geistigen Auge hat.

Ich stand da also vor dem Regal und Griff nach einer Packung auf deren Rollen kleine Blumen zu sehen war. Aufgrund einer rot-grün Schwäche konnte ich mir aber nicht sicher sein, ob es denn wirklich grüne Blumen sind und um das Farbenspiel meiner Toilette nicht fahrlässig zu gefährden, fragte ich meinen Sohn, ob ich mit meiner Einschätzung richtig lag. "Du fragst mich, welche Farbe die Blumen auf dem Toilettenpapier haben, habe ich das richtig verstanden?" Ich antwortete mit weniger fester Stimme als beabsichtigt mit Ja und bekam - wenngleich mit einem deutlich zu hörenden Augenrollen - die erhoffte Bestätigung.

Jüngst saß ich nun auf der Toilette und verrichtete mein Geschäft, als mein Blick auf das farblich passende Toilettenpapier fiel. Es mag am anderen Licht liegen oder am tätigkeitsbedingten Mangel an Ablenkung, auf jeden Fall bemerkte ich, dass die grünen Blümchen keineswegs das einzige Muster auf dem Toilettenpapier sind. Das einzige gedruckte Muster ja, aber bei genauerem Hinsehen konnte man auch noch ein geprägtes Muster erkennen. Kleine Hunde! Hallo? Was in aller Welt bewegt einen Toilettenpapier-Designer dazu, kleine Hunde zu Papier zu bringen?

Aber mal abgesehen davon, dass ich diese Entscheidung nicht nachvollziehen kann, denke ich aktuell darüber nach ob es ein akzeptabler Preis für passendes Toilettenpapier ist, sich den Hintern mit kleinen Hunden abzuwischen.

Physik

In meiner Onlineheimat, dem Supernature-Forum wurde kürzlich ein Thema eröffnet, in dem es um physikalische Phänomene ging, die jedem bekannt, aber nicht wissenschaftlich belegt sind. Das Marmeladenbrot, das immer auf die Marmeladenseite fällt ist eines dieser Phänomene. Eben diese erstaunliche Tatsache wird auch in einem Werbespot aufgegriffen, der in diesem Thema verlinkt war. Katzen haben ja die Angewohnheit/Fähigkeit immer auf den Füßen zu landen. Im Spot wurde also ein Marmeladenbrot auf dem Rücken einer Katze befestigt.

Dadurch entstehen zwei gegenläufig orientierte Kräfte, da entweder die Katze auf den Pfoten oder das Brot auf der Marmeladenseite landet. Eine völlig neue Energiequelle, befeuert von unerklärlichen Phänomenen. Beeindruckend.

"Einkaufstüten mit dynamischem Schwerpunkt" (egal wie man sie an die Wand lehnt, sie fällt um) oder die "Universalmagnetische Papierkorbkante" (führt dazu, dass geworfene Papierkugeln immer die Kante treffen und nach außen abprallen) sind weitere Beispiele. Zu diesem Thema kann ich selbstverständlich auch etwas beitragen.

Ich gehöre ja zu der Gruppe von Menschen, die Getränke vorwiegend kalt konsumiert. Und mit kalt meine ich kalt. Ein Glas Orangensaft mit Raumtemperatur fällt bei mir schon in den Bereich Heißgetränke, Untergruppe Früchtetees. Nun leben wir ja nur einen Teil des Jahres in einem Klima, in dem der Balkon oder der Keller Getränke kühlt. Deshalb haben ich und meinesgleichen den Kühlschrank als äußerst wichtiges Hilfsmittel schätzen gelernt.

Der Kühlschrank setzt aber leider nicht bei der Ursache an, beim Kauf von Getränken. Ich habe zwar auch schon den Kühlschrank an der Kasse des Supermarkts geräumt, um einen Kasten kalter Cola mitnehmen zu können, inzwischen weiß ich aber, dass das in den wenigsten Supermärkten wohlwollend oder gar verständnisvoll zur Kenntnis genommen wird. Um eine weitere soziale Ausgrenzung oder gar Ächtung zu vermeiden, bin ich also gezwungen raumtemperierte Getränke zu kaufen.

Wer schön sein will muss leiden. Wer ein schönes Auto (also ein schwarzes) haben und damit Getränke transportieren will und das bei Sonnenschein, der muss auch leiden. So wie ich. Ganz oft. Bis ich daheim bin, muss ich oft schon froh sein, wenn die Cola die Flasche nicht schon verformt hat.

Das erste Phänomen bezieht sich auf Vorräte im Allgemeinen und Colavorräte im Kühlschrank im Speziellen. Es ist vollkommen egal, wie viele Flaschen Cola man im Kühlschrank bereit hält, um gerüstet zu sein. Wenn der Ernstfall tatsächlich eintritt, ist der Bestand nämlich gleich null. Da meine Familie meine Reaktion kennt, wenn jemand sich meiner Cola bemächtigt, schließe ich profanen Diebstahl aus. Mangels Spuren (ich habe das mehrfach mit entsprechender Ausrüstung untersucht) scheint auch Einbruchdiebstahl äußerst unwahrscheinlich. Plötzliche Selbstauflösung oder Überschneidung mit einem Paralleluniversum, egal was die Ursache ist, die Wirkung bleibt die gleiche: Ich habe nichts Kaltes zu trinken. Und das ist schlecht. So schlecht, wie das kalt gemeint ist, wenn ich kalt sage.

Dieses Phänomen betrifft - wie gesagt - Vorräte im Allgemeinen. Also auch Eiswürfel, die in beliebiger Zahl und Form im Eisfach bevorratet werden. Wenn man welche benötigt, fällt lediglich noch Resteis aus der Form, das bereits verdunstet ist, bevor es das Glas berührt.

Steht man also mit einem Kasten warmer Cola vor dem Kühlschrank und möchte man kalte Cola haben, bleiben einem nur wenige Möglichkeiten. Sinnvollerweise legt man also eine Flasche Cola in das Eisfach und füllt auch die Eiswürfelform wieder auf. Man muss sich dann zwar noch einige Zeit gedulden bevor man endlich etwas trinken kann, aber man vermeidet dadurch Verbrennungen und Würgereiz, der bei warmer Cola unvermeidlich scheint.

Aber jetzt kommt's: Man kann das Eisfach zu jedem beliebigen Zeitpunkt öffnen und wird feststellen, dass die Cola in der Flasche bereits vollständig gefroren ist. Das ist ja schon schlimm genug, wenn man sich dann aber stolz auf die Schulter klopft, weil man ja daran gedacht hat, den Eiswürfelbehälter aufzufüllen, läuft man diesen unerklärlichen physikalischen Phänomenen voll in die Falle.

Versucht man dann nämlich die Eiswürfel aus der Form in ein Glas Cola zu drücken, zerbricht man die hauchdünne Eisschicht und verschüttet den Rest des Wassers über den Tisch. Ein Teil davon landet natürlich im Glas und so hat man zu allem Übel dann auch noch Cola-Schorle.

Es muss eines dieser eingangs erwähnten Phänomene sein, das dafür sorgt, dass einerseits die Cola gefriert und das Wasser sich andererseits des Übergangs in einen anderen Aggregatzustand verweigert.

Vatersorgen

Es mag den einen oder anderen Leser überraschen, aber die Feststellung, dass das Leben nicht einfach ist, kann ich mit eigenen Erfahrungen untermauern.

Das Leben ist nicht einfach. Grundsätzlich. Für alle. Aber Väter haben es besonders schwer. Die folgende Schilderung basiert auf meinen Erfahrungen als Vater eines Sohnes.

Dass Mütter und Väter anders an die Kindererziehung heran gehen, sollte nicht weiter überraschen. Ebenso wenig wie die Tatsache, dass Frauen und Männer sich nicht nur körperlich unterscheiden. In diesem Zusammenhang von Bedeutung ist die Erkenntnis, dass der Ausdruck "Das Kind im Manne" jedem geläufig ist, wohingegen der Ausdruck "Das Kind in der Frau" vermutlich hier und jetzt erstmalig zu Papier gebracht wurde. Natürlich haben Frauen und Männer beim Thema Kindererziehung auch Gemeinsamkeiten. Zum Beispiel den, vermutlich in den Genen der Menschheit verankerten Trieb, den eigenen Kindern bessere Möglichkeiten zu bieten, als man selbst als Kind hatte. Wo aber Mütter dabei an Schulbildung und soziale Kompetenz denken, denken die Väter an schnellere Modellautos oder leistungsfähigere Spielkonsolen. Dieser kleine aber feine Unterschied dürfte eine der Ursachen dafür sein, dass sich wohl nur in Männern noch Kinder verstecken.

Häufig kann man auch beobachten, dass die Ansichten, was denn eine gute Schulnote sei, bei Mutter und Vater deutlich unterschiedlich sind. So begab es sich dann vor vielen Jahren einmal, dass meine damalige Gattin beim Aufräumen eines ihrer Schulzeugnisse fand und zunächst interessiert und danach schockiert durchblätterte. Um ein Schleudertrauma durch exzessives Kopfschütteln zu vermeiden, fragte ich nach, was denn so Unfassbares zu Tage getreten sei, lebte ich doch bislang im Glauben, es gäbe keine dunklen Geheimnisse in ihrer Vergangenheit.

"Die Noten, meine Noten!" Es war kaum mehr als ein Wispern. "Meine Noten waren so (mit dreifachem "o" gesprochen) schlecht." Mit einem letzten Schütteln des Kopfes reichte sie mir ihr Zeugnisheft und schlug vor Kummer und Scham die Hände vors Gesicht. "Du hast eben so leise gesprochen, da habe ich fälschlicher Weise verstanden, dass Du von schlechten Noten gesprochen hast", sagte ich belustigt.

Am äußerst kühlen Blick, gepaart mit der noch immer in Sorgenfalten gelegten Stirn, erkannte ich meinen doppelten Fauxpas. Nicht nur hatte ich sie nicht falsch verstanden, meine Belustigung schien auch völlig fehl am Platze. Gut, das Zeugnis enthielt in der Tat mehrere Male die Note 3. Allerdings waren die verbleibenden Noten alle besser. Aber trotzdem, ein Zeugnis, dessen schlechteste Note eine Drei ist soll schlecht sein?

Nun ist ein wirklich schlechtes Zeugnis sicher kein Anlass, die Brust vor Stolz nach vorne zu drücken, dennoch wollte ich unmittelbar den Beweis erbringen, dass ihr Zeugnis kein schlechtes Zeugnis sei. "Das ist ein schlechtes Zeugnis!" sagte ich ihr kurz darauf, als ich ihr meines in die Hand drückte. Überwiegend Vierer, garniert mit der einen oder anderen schlechteren Note. Zu meiner Ehrenrettung sei erwähnt, dass ich auch eine Eins hatte, aber wie zur damaligen Zeit schon meine Eltern, schien die in den Augen meiner Frau keineswegs als ausreichend, um den Gesamteindruck des Zeugnisses zu retten.

Das bringt mich natürlich zu einer schreienden Ungerechtigkeit, die mir in jenem Jahr in der Schule zugestoßen ist und die ich bislang offensichtlich noch nicht vollständig verarbeitet habe. Anders kann ich es mir nicht erklären, dass ich sogar jetzt, nach so vielen Jahren noch aufgewühlt bin. Es begab sich zum Ende des Schuljahres im Musikunterricht, als der Lehrer sich anschickte jene Schüler einer zusätzlichen mündlichen Prüfung zu unterziehen, deren Leistung genau zwischen zwei vollen Noten lag.

Ich fand es recht befremdlich, das auch ich einer dieser Schüler sein sollte, fragte aber dennoch interessehalber zwischen welchen Noten ich denn stünde. Eine meiner üblichen Taktiken während meiner Schulzeit war es, im Zweifelsfalle die schlechtere Note zu akzeptieren, um zu vermeiden, dass der Lehrer feststellt, dass ich eigentlich eine ganze Note schlechter bewertet werden müsste. Solcherlei Entscheidungen traf ich immer dann, wenn durch die Wahl der schlechteren Note mein Leitsatz "Vier gewinnt" nicht gefährdet wurde.

Nun war ich, wie gesagt, ohnehin schon überrascht, dass ich überhaupt dran kam, die Info meines Lehrers, ich stünde zwischen 5 und 6 war dann aber doch ein Hammer. Mir blieb fast die Luft weg und ich konnte nur mit Mühe nachfragen, woraus dieser Stand denn resultiere. Die Antwort des Lehrers verblüffte mich dann vollends: Er habe, so verkündete er voller Überzeugung, jeden Schüler während des Jahres mündlich geprüft und meine Leistung sei kurz vor ungenügend gewesen.

Und damit wäre ich nun bei der oben erwähnten schreienden Ungerechtigkeit. Es ist zwar richtig, dass ich eine Note in dieser Region verdient gehabt hätte, aber auch nur dann, wenn ich wirklich geprüft worden wäre. Das konnte aber schlichtweg nicht sein, wo ich doch nur die erste Stunde des Halbjahres da war, um mich als Teil der Schulklasse zu zeigen und dann erst wieder zur Notenvergabe bzw. Nachprüfung wieder auftauchte. Dieser angebliche Pädagoge stellte sich also hin und log mir eiskalt ins Gesicht. Völlig ungeachtet der Tatsache, was für eine Art Schüler ich damals war, fiel es mir schwer meine Entrüstung darüber zu verbergen, was für eine Art Lehrer mich unterrichtet hatte. Unterrichtet hätte, wäre ich denn da gewesen.

Aus naheliegenden Gründen konnte ich meinen Lehrer dieser Lüge unmöglich öffentlich überführen, weil eine Sechs für unentschuldigtes Fehlen des Guten oder in diesem Falle des Schlechten zu viel gewesen wäre. Zwar zählte damals aus den drei Fächern Sport, Kunst und Musik nur die jeweils beste Note, dennoch war eine Sechs im Zeugnis inakzeptabel und so fügte ich mich denn meinem Schicksal.

Das wäre freilich nicht nötig gewesen, weil ich besagtes Jahr ohnehin wiederholen musste. Das lag vor allem an Französisch, einer Sprache also, die wir auf dem Gymnasium lernen mussten, wollten wir nicht an Latein verzweifeln. Rückblickend betrachtet für mich eine Entscheidung zwischen

Pest und Cholera. Inzwischen bin ich aber zu dem Schluss gekommen, dass es vermutlich nicht die Sprache war, die mir Mühe bereitete, sondern die Lehrer, die sie mir beibringen sollten.

Es begann mit einem leibhaftigen Psychopathen. Das ist natürlich nur eine Einschätzung eines medizinischen Laien, aber wie soll man einen solchen Menschen sonst nennen? Dieser Mann brachte es fertig, in einer Doppelstunde (vor und nach der großen Pause) zunächst fröhlich beschwingt Unterricht zu machen, um dann aus ungeklärten Gründen mit einer derart miesen Laune wieder aus der Pause zu kommen, die er dann an uns ausließ. So brachte er das Kunststück fertig den starken Mann unserer Klasse an der Tafel derart anzubrüllen und zu beleidigen, dass er unter Tränen zurück an seinen Sitzplatz ging. Mir hat er an selber Stelle deutlich gemacht, dass ich bestenfalls einen Job als Müllmann zu erwarten hätte, sollte ich wider Erwarten einen Schulabschluss machen.

Eigentlich sollte ich als eine späte Form der Rache seinen Namen hier nennen, aber offensichtlich hat mich das zweifelhafte Verhalten dieses Lehrers nicht so beeindruckt, dass ich mir seinen Namen hätte merken können. Müllmann bin ich übrigens auch nicht geworden.

Die ersten Jahre des Französischunterrichts waren also nicht gerade das, was man mit "Lernen mit Spaß" zusammenfassen würde. Spaß hatten wir dann zwar beim nächsten Lehrer, allerdings nicht beim Lernen, das habe ich konsequent vermieden, sondern mehr am Lehrer. Oder präzise, an der Lehrerin. Die Dame war von fortgeschrittenem Alter und dabei meine ich nicht jenes alt, das Kinder um die 15 für alle über 25-Jährigen verwenden, die Dame stand kurz vor der Pensionierung.

Die lange Dienstzeit führt dazu, dass gewisse Eigenheiten entwickelt werden, die die Betroffene selbst gar nicht mehr wahrnimmt. Jene Dame trug mit Vorliebe Ketten, die aus allerlei Kugeln und Quadraten aus Holz bestanden. Bei Klassenarbeiten und Tests zeigte sich dann regelmäßig, dass es sich bei diesen Ketten um Multifunktionsschmuck handelte. Durch geschicktes Schütteln mit der Hand gab die Kette ein leises aber gut vernehmbares Klimpern von sich. Das, kombiniert mit Sch-Lauten, sollte dem regen verbalen Informationsaustausch der Schüler Einhalt gebieten. Netter Versuch, selbst nach dem X-ten Mal "klimper-Sch" sank der Geräuschpegel nicht wesentlich. Das Getuschel wurde lediglich durch Gelächter ersetzt.

Naturgemäß bedienen sich Lehrer, die die Großeltern der Schüler sein könnten, einer anderen Sprache als ihre Schutzbefohlenen. Das macht sich einerseits durch das Fehlen jeglicher Worte im Bereich von "cool" und "geil" bemerkbar, andererseits aber auch durch die Verwendung von Worten, die der Klasse im besten Falle unbekannt sind. Im besten Falle. Es kann aber auch sein, dass Worte fallen, die damals wie heute (also das damalige heute im Vergleich zum damaligen damals) zwar bekannt sind, aber eine missverständliche Bedeutungen haben.

Und so begab es sich, dass ausgerechnet ich es war, der in einem solchen Fall an der Tafel stand und Vokabeln schreiben musste. Das lief in der Regel nicht sonderlich gut, weil ich ja, wie oben schon beschrieben, einen eher schlechten Start mit dieser Sprache hatte. Meist beschränkten sich die Reaktionen meiner Lehrerin auf meine kreative Auslegung der Schreibweise auf intensives Kopfschütteln kombiniert mit mitleidigem Blick. Dieses Mal musste ich aber einen richtig derben Fehler gemacht haben, denn sie sah sich genötigt zu sagen: "Das war aber jetzt ein Schlag mit der Wichs-Bürste!"

Entschuldigung, aber ein 14/15-Jähriger Junge kann so nicht arbeiten. Und Französisch lernen schon gar nicht. Und so kam es denn, dass ich auch bei Fräulein Wunderle keinen Zugang zur zweiten Fremdsprache fand. Am Ende des Schuljahres, als dann die voraussichtlichen Noten verlesen wurden, meinte sie "Also eine Vier wird's wohl nicht mehr!". Ihre freundliche Umschreibung, für die Tatsache, dass ich zwischen 5 und 6 lag, mit klarer Tendenz zur Höchststrafe.

Die Fünf und damit die Chance auf eine Versetzung war bis zur endgültigen Notenvergabe nicht mehr erreichbar und so musste ich denn die Klasse wiederholen.

Ich schweife aus, aber der Vollständigkeit halber will ich noch erwähnen, dass ich dann wieder einen anderen Französischlehrer hatte. Er war nicht weniger außergewöhnlich als die beiden vorher, aber harmloser. Hemd, Pullunder, zu enge aber dafür zu kurze Feincordhose in überwiegend bräunlichen Farbtönen. Ihm gelang es immerhin mich auf eine bessere Note zu hieven. Vier gewinnt, hab ich schon immer gesagt.

Man möge mir die etwas ausschweifende Erklärung meiner Schulzeit verzeihen, aber ich bleibe damit durchaus beim Thema. Die Frage stellt sich nämlich, wie man als Vater mit dieser Vergangenheit mit einem Sohn umgeht, der seinem Vater nacheifert ohne es zu wissen. Zur Verdeutlichung des Dilemmas vielleicht folgendes Beispiel:

Vor nicht allzu langer Zeit kam mein Sohn - wieder einmal - mit einem Zettel nach Hause, der mich darüber informierte, dass mein Sohn - wieder einmal - nachsitzen müsse. Selbstverständlich reagierte ich auf diese Hiobsbotschaft mit angemessener Empörung und verlangte mit strengem Blick eine Erklärung wie es - wieder einmal - dazu kommen konnte. Mit schuldbewusst gesenktem Haupt begann mein Sohn seine Beichte und berichtete: "Na ja, ich war vielleicht nicht ganz so aufmerksam, wie ich es hätte sein sollen und mein Sitznachbar leider auch nicht und dann sagte meine Lehrerin, wenn wir nicht zuhören wollten, sollten wir doch rausgehen ..."

Der pädagogische Wert einer solchen Aussage sei einmal dahin gestellt und auch die Frage, weshalb man mit Strafe rechnen muss, wenn man das Angebot einer Lehrkraft annimmt, will ich nicht näher erörtern. Es geht vielmehr um die Zwickmühle, in die ich dadurch komme. Als Erziehungsberechtigter bin ich ob dieser Respektlosigkeit natürlich sauer. Als Vater mit dem eingangs erwähnten Kind im Manne und als ehemaliger Schüler mit der eben beschriebenen Vergangenheit möchte ich meinem Sohne aber eine High-Five anbieten.

Sprechen wir von den Möglichkeiten, die eigenen Noten zu verbessern. Nein, natürlich nicht durch Lernen, das sollte inzwischen wohl klar geworden sein. Das Zauberwort heißt Spickzettel. Die von mir und ausgewählten Klassenkameraden verwendete Variante war geradezu genial und erforderte keinerlei spezielle Vorkehrungen. Und das bei minimalem Entdeckungsrisiko. Was aber tut ein Vater, der die Mutter aller Spickzettel verwendet hat, wenn sein Nachwuchs berichtet, was in seiner Klasse so unternommen wird? Die richtige Reaktion wäre ein gerüttelt Maß an Entrüstung, gepaart mit einem Appell an die Moral. Schließlich handle es sich ja um Betrug, ist unfair gegenüber den Mitschülern und täuscht über den wahren Kenntnisstand hinweg.

Ich gehe an dieser Stelle nicht auf die anzunehmende Erwiderung meines Sprösslings auf solcherlei Moralpredigten ein. Nicht nur, um dem hartnäckigen Gerücht, meine Erziehungsmethoden seien - vorsichtig formuliert - nicht unbedingt pädagogisch wertvoll und tendenziell fragwürdig, keine weitere Nahrung zu bieten. Sondern vor allem aber deshalb, weil es gar nicht zu einer solchen Erwiderung kam. Die Moralpredigt entfiel nämlich und wurde durch eine Erklärung ersetzt, die mit fast wissenschaftlicher Präzision die Schwäche der genannten Techniken aufdeckte. Nichts davon kam schließlich auch nur ansatzweise an unsere damals genutzte Verfahrensweise heran.

Nun, das war vermutlich auch nicht sonderlich wertvoll. Und es war auch noch taktisch unklug. Seitdem lässt mein Sohn mich nämlich nicht mehr in Ruhe und verlangt (bis lang noch vergeblich) von mir, das Geheimnis preiszugeben.

Entspannungsurlaub

Das Leben ist nicht einfach. Soweit waren wir ja schon. Egal ob man mit dem Sohn bei der Polizei vorgeladen wird oder im Büro, innerhalb kurzer Zeit mehrfach der Vorgesetzte wechselt, diese nicht-so-einfach-Phasen kosten Kraft. Nun gehöre ich ja eher zur optimistischen Sorte und vermeide viele Sorgen, indem ich vielen Dingen einfach mit Gleichgültigkeit und Humor begegne. Aber selbst mit dieser Taktik hinterlassen Tiefschläge ihre Spuren. Und da bekanntlich der stete Tropfen den Stein höhlt, gibt es auch bei mir mal einen Punkt an dem ich einfach urlaubsreif bin.

Kürzlich war es dann soweit, ich brauchte Urlaub. Es sollte ein Entspannungsurlaub werden, in einem schönen Ferienclub an der türkischen Riviera. Der Reisepreis, den mir die nette Dame vom Reisebüro für eine Woche für zwei Erwachsene und drei Kinder nannte, war allerdings kein optimaler Start für maximale Entspannung. Aber egal, ich brauchte Urlaub und ich wollte in diesen Club und nach einem kurzen Zögern blieb ich auch dabei, den Rest der Familie mitzunehmen.

Fünf Personen, davon eine Frau und eine 12-Jährige. Alleine diese Aussage dürfte klar machen, dass nicht daran zu denken war, die Fahrt zum Flughafen mit meinem Fiesta zu bewältigen. Grundsätzlich ja kein Problem, schließlich gab es da ja noch den Golf Kombi meiner Freundin. Das Wörtchen "noch" im vorherigen Satz dient hierbei nicht nur der Ausschmückung, sondern deutet auch an, dass das Fahrzeug sich seinem Produktlebenszyklusende nähert. Dies äußerte sich dergestalt, dass durchaus auch mal die Batterie tot war, wenn man morgens los wollte. Nun war die geplante Rückankunft ja am Abend und außerdem blieben wir in den Tagen vor dem Urlaub von Aussetzern verschont, also riskierten wir es. Dennoch legte ich sicherheitshalber ein Starthilfekabel in den Kofferraum.

"Legte" trifft den Kern der Sache allerdings nicht genau. Es war mehr ein Stopfen. Ein Schicksal, das das Starthilfekabel mit dem Reisgepäck der Jungs und dem meinigen teilte. Zuvor hatten wir mit Hilfe eines Gabelstaplers das Damengepäck in das Auto gepackt. Und es handelte sich wie gesagt ja um einen Kombi, nicht um einen Kleinlaster.

Die Fahrt zum Flughafen verlief ohne unerwartete Zwischenfälle. Sicher, die unvermeidliche Frage, wie lange es denn noch dauern würde, die Erkenntnis, dass Kind zwei nun doch auch noch auf die Toilette muss, wo wir doch eben erst den letzten Rasthof verlassen hatten, wo Kind eins nach kurzer Fahrt schon die Blase erleichtern musste und schwierige Einigung auf eine bestimmte Musikrichtung und die zum Hören benötigte Lautstärke zerrten an meinen Nerven. Aber ich sprach ja von unerwarteten Zwischenfällen, nicht vom üblichen Wahnsinn einer Familienausfahrt.

Am Flughafen angekommen war unser Check-In-Schalter schnell gefunden, es war der mit der längsten Schlange. Drei Schalter, einer davon für die Leute, die so clever waren im Vorfeld per Internet einzuchecken. Das hätte ich auch tun können, zumal meine Frau mich darauf angesprochen hatte. Getan habe ich es trotzdem nicht. Aber irgendwie muss mir das entgangen sein, während ich berechnet habe, ob nach dem Einladen des Damengepäcks das zulässige Gesamtgewicht des Autos noch erlaubte, eine zweite Badehose einzupacken. Diesen Gedanken behielt ich allerdings sicherheitshalber für mich. Ich wollte mich ja entspannen.

Flug, Transfer zum Hotel und der Bezug des Zimmers verliefen problemlos und ich begann psychisch schon mal mit der Vorbereitung des Standby-Betriebs. Das klappte auch hervorragend, weil die Jungs die Hotspots der Anlage checken wollten und die Mädels damit beschäftigt waren, ihre Klamotten nach Körperregion, Tageszeit und Farbe zu sortieren und einzuräumen.

Dann aber musste ich einen massiven Rückschlag beim Versuch des Exrementspannens hinnehmen. Die Tür zum Zimmer der Kinder ließ sich nicht mehr öffnen. Offensichtlich war das Schloss defekt und ich meldete mich an der Rezeption um den Schaden zu beheben. Wenige Minuten später war dann auch schon ein professioneller Handwerker vor Ort, der zunächst die verriegelte Tür einfach auftrat und danach in Windeseile das Schloss austauschte. Er reichte mir die Schlüssel des alten Schlosses und sagte etwas, das nach "Rezeption" klang.

Statt auf dem Bett zu liegen und mich vom anstrengenden Flugzeugschlaf zu erholen, musste ich also zur Rezeption, wo ich artig die Geschichte erzählte, die sich zugetragen hatte und die Schlüssel übergeben wollte. Dann erzählte ich die Geschichte einem weiteren Herren an der Rezeption, da mir die kleinen Schildchen am Revers des Rezeptionisten nicht aufgefallen war. Dort fehlte nämlich die deutsche Flagge und mein Türkisch beschränkt sich mehr oder minder auf die Nennung von leckeren Speisen.

Zurück im Zimmer wollte ich mich endlich etwas hinlegen, aber irgendwie war da noch etwas. Irgendwas hatte meine Aufmerksamkeit geweckt, war aber wieder in den Tiefen meines Standby-Bewusstseins verschwunden. Ich versuchte den Fernseh-Detektiv Monk zu imitieren (mit dem mir mehrfach Ähnlichkeiten angedichtet wurden, allerdings war "Scharfsinn" nicht dabei, aber sei's drum) und ging nochmals die letzten Minuten durch bevor ich zur Rezeption aufgebrochen war. Und es funktionierte. Ich hatte die alten Schlüssel weggebracht und die neuen eingesteckt. Und die sahen ganz anders aus. Und ich hatte vom Handwerker alle Schlüssel zu diesem Schloss erhalten. Daraus ergab sich die Frage, wie in aller Welt die Putzfrau ins Zimmer gelangen solle.

Ich machte mich also - statt mich aufs Bett zu legen und mich zu entspannen - wieder auf den Weg zur Rezeption, achtete dort angekommen auf das Schild und erklärte dem Herrn meinen Verdacht. Der gute Mann erklärte mir dann mit einer Art, die mir doch eine Spur zu überheblich war, dass die Putzfrauen natürlich ganz andere Schlüssel hätten und ausserdem ja noch ein Ersatzschüssel im Schrank hinge (dies prüfte er mit einem gekonnten Blick. Worauf auch immer.) und bedankte sich dann aber doch für die Übergabe des Schlüssels.

Er muss es ja wissen, dachte ich mir, und setzte mich damit über den Impuls hinweg, ihn darauf hinzuweisen, dass mir die Funktion eines Generalschlüssels durchaus geläufig sei, diese in der Regel aber nur bei Schlössern funktionierten, die zum Schliesssystem gehören. Und das traf auf das neue Schloss augenscheinlich nicht zu. Aber wer bin ich schon, mir dazu ein Urteil anzumaßen?

Nachdem ich eindrucksvoll unter Beweis gestellt hatte, dass ich mir meiner Führungsrolle in der Familie bewusst bin, wollte ich nun endlich entspannen und machte es mir auf dem Bett gemütlich, also auf dem Teil, der nicht mit den Klamotten meines Lieblings belegt war. Ich regelte meine Atemfrequenz langsam nach unten und senkte ohne etwas zu überstürzen auch meine Augenlider. Unmittelbar nach dem ersten tiefentspannten Atemzug und ebenso unmittelbar an der Grenze zum ersehnten Nickerchen rasten dann aber die Kinder in unser Zimmer und versuchten ihre Mutter davon zu überzeugen jetzt einen Rundgang durch die Anlage zu machen.

Nun ist es ja so, dass Frauen sich grundsätzlich von nichts aufhalten lassen, wenn sie sich mit ihrer Kleidung befassen. Mich darauf verlassend machte ich einen zweiten tiefentspannten Atemzug und versucht die, nach dem Angriff der Kinder schreckhaft nach oben gesprungenen Augenlider wieder zu schliessen. Der erwähnte Schreck war allerdings nicht intensiv genug um mein Gehirn wieder auf wenigstens halbe Kraft hochzufahren, sonst wäre mir ja sofort klar gewesen, dass es eine Ausnahme von der Frauen-Kleider-Regel gibt. Kinder!

Also raffte ich mich auf, entledigte mich meiner Reisekleidung und stieg in bequeme Shorts und ein lässiges Hemd. Die modischen Flip-Flops ersetzten die Turnschuhe und ich war bereit der Familie die wunderschöne Ferienanlage zu zeigen, die ich aus einem früheren Urlaub bereits wie meine

Westentasche kannte. Zwischen "raffte mich auf" und "ich war bereit" lagen etwas mehr als zwei Minuten. In dieser Zeit hatte sich meine Frau ins Bad und die Kinder in ihr Zimmer verdrückt. Hier wurde kunstvolle Körperbemalung aufgetragen und dort wurde geprüft, wie lange man in kleine elektronische Geräte schauen kann bevor die Augen evolutionsbedingt eine eckige Form annehmen.

Müßig zu erwähnen, dass ich durchaus eine halbe Stunde hätte dösen können, bis alle fertig waren. Ebenso müßig zu erwähnen, dass es die Kinder waren, jene Kinder, die mich kurz vor der Schlafgrenze abgefangen hatten, die nun nur unter Androhung von Ladekabelentzug dazu gebracht werden konnten das Zimmer zu verlassen. Aber ich war nicht gewillt das erwartete Eintreffen meiner Entspannung durch eine Moralpredigt unnötig hinauszuzögern.

Wir machten uns also endlich auf den Weg, die Anlage zu erkunden und zu meiner Befriedigung begeisterte sich die Familie so, wie ich es erhofft hatte. Allerdings ist die Anlage recht groß und im selben Maße wie mein Hunger anschwoll verflüchtigte sich die Begeisterung der Kinder. Zugegebenermaßen nahm letztere unmittelbar ab nachdem wir den großen Rutschenpool passiert hatten. Danach waren Kräutergarten, die Anlage zur Wiederaufzucht der Sandanemone, der Wellnessbereich und das Amphitheater offensichtlich nicht mehr sonderlich interessant.

Nur den Strand wollten sie unbedingt noch sehen. Diesen Punkt hatte ich mir wegen der untergehenden Sonne natürlich als Abschluss aufgespart und hatte den Plan kurz den Sonnenuntergang zu bewundern und dann das Abendessen zu genießen. Aber wie sagt der Engländer oder auch eine von mir sehr geschätzte Dame immer so schön? "The best laid plans can go awry". Angewendet auf die gerade beschriebene Situation kann man diese Redewendung folgendermaßen ins Deutsche übertragen: Denkste!

Beim Ansehen des Strandes blieb es nämlich nicht, nein, wir mussten ihn auch betreten. Die Frage, wo genau von der Menge des Sandes einmal abgesehen denn der Unterschied zum Sandkasten läge, in dem die Kinder vor gar nicht so langer Zeit noch gespielt haben, verkniff ich mir aber, weil mir klar war, dass ich bestenfalls einen Tritt gegen das Schienbein bekäme und schlimmstenfalls eine Hand voll Sand ins Gesicht.

Und wenn wir schon mal am Strand sind, so dachten sich die Kinder, dann könnten wir ja auch noch ein wenig näher ans Wasser, oder? Und wenn wir schon mal so nah am Wasser sind, so dachten sich die Kinder weiter, dann könnten wir ja auch schauen, ob das Wasser schön warm ist. Unter stärker werdendem Knurren meines Magens kam, was kommen musste. Statt als adrett gekleidete Familie das schöne Buffet zu genießen machten wir uns eine Stunde später mit triefend nassen und mit Sand panierten Kindern auf den Weg. Aber natürlich nicht zum Essen sondern vielmehr Richtung Zimmer, um das mit dem "adrett" wieder einigermaßen hinzubekommen. Auf dem Weg zuckte mein Herzblatt mehrfach zusammen, im irrigen Glauben ein wildes Tier im Gebüsch gehört zu haben. Das waren allerdings keine Tiere sondern mein inzwischen verzweifelt knurrender Magen.

Schließlich waren Körperbemalung und die Bekleidung der Kinder aufgefrischt und wir konnten endlich zum Hauptrestaurant mit seinem großen wohlriechenden und appetitlich aussehenden Buffet aufbrechen. Die Ankunft sollte sich dann aber nochmals verzögern, weil noch einmal etwas auftauchte, was meine Frau und die Kinder von allem ablenken kann. Ich gebe Euch mal einen Tipp: Süüüüüüüüüüüß. Noch ein Tipp? O.K.: Miau!

Wie ich an anderer Stelle dieses kleinen Büchleins schon mal erwähnt habe, wäre es falsch mich als Katzenfreund zu bezeichnen. Allerdings wäre es auch falsch mich als Katzenhasser abzustempeln, weil ich meine Gefühle diesbezüglich durchaus im Griff habe. Wenn sich diese kleinen fiesen Fellträger allerdings zwischen mich und mein dringend benötigtes Essen stellen, dann könnte es durchaus passieren, dass mein Puls die Ruhefrequenz verlässt. Und das obwohl ich mich ja entspannen wollte. Zumal mir partout nicht in den Kopf wollte, was nun an diesen Katzen so gänzlich neu und besonders süß sein sollte. Schließlich hatten wir solch Ungeziefer doch selbst zu Hause.

O.K., ganz ruhig. Ungeziefer ist wohl das falsche Wort, es kann schon irgendwie beruhigend wirken, wenn man abends vor dem Fernsehen eine Katze krault. Aber weshalb man in einer Ferienanlage vor einem Gebüsch hocken muss, um ein sichtbar ängstliches Kätzchen durch penetrantes "bs bs bs bs, komm" aus dem sicheren Geäst zu locken, erschließt sich mir nun so gar nicht. Und ich war ob meines, durch die nahen Essensdüfte und das Klappern von Geschirr und Besteck weiter verstärkten Hungers durchaus konfrontationsbereit. Dann aber wurde das kleine Tier jäh erschreckt und flüchtete. Tja, ich kann ja nichts dafür, wenn mein Magen so laut knurrt.

Ich möchte an dieser Stelle anmerken, dass es mich ein großes Maß an Überwindung gekostet hat, wegen meines Hungers und der künstliche in die Länge gezogenen Wartezeit so richtig reinzuhauen. Im Hinblick auf mein schon bestehendes Übergewicht und die Tatsache, dass ich ja noch eine ganze Woche täglich drei Mahlzeiten einzunehmen plante, behielt ich meinen Heisshunger aber im Griff und nahm mir nur ein kleines Stückchen Fleisch, etwas Salat und nur einen Happen Pizza.

Vernünftiges Essen sollte immer auch von einem Mindestmaß an Bewegung begleitet werden. Nach dem Essen, nicht währenddessen natürlich. Obwohl man sagen muss dass man sich durchaus auch essend am Buffet entlang bewegen kann, auch wenn das auf die anderen Gäste befremdlich wirken könnte. Nein, natürlich hatte ich mir vorgenommen, den Teller leer zu machen und dann erst ein paar Schritte zu gehen. Also ging ich ein paar Schritte und holte mir nochmals ein kleines Stückchen Fleisch, etwas Salat und noch einen Happen Pizza. Zugegebenermaßen erhöhte das Ziel bzw. die Belohnung meine Motivation mich zu bewegen. Folglich wiederholte ich den Vorgang ein weiteres Mal und ließ mich dann von meinem Schatz ins Zimmer tragen.

Das ist nicht ganz die Wahrheit. Ich wollte mich dorthin tragen lassen, dieser Dienst wurde mir überraschenderweise aber nicht erwiesen. Aber nicht etwa, weil man mich nicht tragen wollte, sondern weil das Ziel ein anderes war. So uninteressant das Amphitheater bei der Besichtigung gewesen sein mag, so interessant schien es jetzt zu sein, da sich wahre Ströme von Gästen dorthin begaben. Wollte ich auch mitströmen? Nein. Wollte ich zusehen, wenn irgendwelche Tänzer die immer wieder gleiche Gymnastik aufführten, dabei nur jeweils andere Kostüme trugen? Nein! Wollte ich meinen Hintern auf harten Steinbänken und meinen vollen Bauch auf meinen Oberschenkeln betten? NEIN!

Aber das waren natürlich rein rhetorische Fragen, denn der Rest der Familie war in Überzahl und mir blieb nichts anderes übrig als mich mit einem leisen Stöhnen meinem Schicksal zu fügen. Und so saß ich dann mit 800 Leuten ganz gemütlich auf Steinbänken und versuchte mich daran zu erfreuen, dass irgendwelche Tänzer mit maskenhaftem Lächeln über die Bühne hüpften. Erfolglos wie ich anmerken möchte.

Irgendwann war es dann doch noch vorbei und ich freute mich schon darauf nach einem kurzen Fußmarsch nun doch endlich noch ein bisschen Schlaf zu bekommen. Aber man ahnt es schon, es war mir nicht gegönnt. Denn was gibt es Romantischeres als mit seiner Partnerin im Mondschein am Strand entlang zu spazieren?

Woher soll ich denn das wissen? Mir fielen in diesem Moment auf jeden Fall einige Sachen ein, die mir gerade mehr Spaß gemacht hätten. Duschen zum Beispiel und dann erschöpft in den Schlaf zu sinken. Aber wir waren ja schließlich nicht zum Spaß hier, sondern im Urlaub. Und so spazierten wir gemütlich am Strand entlang. Mit etlichen anderen Romantikern versteht sich und natürlich auch mit den Kindern, die in der Folge natürlich auch prüfen mussten, ob das Wasser auch am späten Abend noch so schön warm war. Was bei der Prüfung rauskam, weiß ich nicht, dass der Sand aber nach wie vor an triefend nassen Klamotten klebt, wurde mir live demonstriert.

Somit war natürlich auch nicht mehr an meinen wohlverdienten Schlaf zu denken, schließlich mussten die Kinder noch zum Duschen gebracht und die Klamotten ausgewaschen und aufgehängt werden. Dann aber war es so weit. Nachdem die Kinder endlich im Bett lagen, trottete ich im Halbschlaf in unser Zimmer zurück, duschte und wollte mich ins Bett fallen lassen, bereit jede Diskussion, die mich davon abhalten würde einfach zu ignorieren.

Nicht ignorieren konnte ich allerdings den schrillen Schrei meiner Frau, die inzwischen ihr Kleidungssortierprojekt wieder aufgenommen hatte. Im Zuge dieses Projekts war nun auch noch der Rest des Bettes mit vielen Kleiderstapeln belegt und ich drohte direkt auf die sorgsam hingelegten Sachen zu fallen. Trotz meiner geistigen Trägheit gelang es mir im Bruchteil einer Sekunde die Folgen eines solchen Unfalls abzuschätzen, meinen Fallweg zu ändern und den Sturz auf den Fußboden noch so weit abzufangen, dass schwerere Verletzungen ausblieben.

Aber immerhin, ich war geduscht und lag, also schlief ich ein. Endlich Ruhe. Endlich Schlaf. Endlich Entspannung. Wobei ich am nächsten Morgen feststellen musste, dass ich vermutlich entspannter hätte aufstehen können, wenn ich nicht mit dem Kopf auf den Boden aufgeschlagen wäre und mich vorher oder nachher wenigstens noch auf das weiche Sofa geschleppt hätte. Aber was soll's? Ich hatte Urlaub und ich wollte entspannen. Da kann man auch mal über einen Brummschädel hinwegsehen. Außerdem schafften das meine Kollegen aus dem Fußball ja auch immer und die gaben dafür auch noch eine Menge Geld aus.

Die Verlockungen des Frühstücksbuffets ließen meine Schmerzen aber recht schnell abklingen. Dort gab es alles was das Herz begehrte aber auch ausreichend gesunde Sachen. Man konnte sich also ein richtig ausgewogenes Frühstück zusammenstellen. Eine kleine Schale mit Vollkornmüsli, Bio-Joghurt und frischen Früchten, danach vielleicht noch ein Siebenkorn-Brötchen von glücklichen Getreidefeldern belegt mit Lachs aus Freilandhaltung.

Diese vorbildliche Auswahl bedachte ich mit einem anerkennenden Nicken während ich mir den zweiten Löffel Vanillesauce über den Stapel Pancakes goss und dann gemächlich an den Tisch ging, um es mir schmecken zu lassen. Mehrfach, versteht sich. Und wenn man so gut gefrühstückt hat, hält man sich am besten an ein bekanntes Sprichwort: Nach dem Essen sollst Du ruh'n oder … den Rest habe ich vergessen. Also gingen wir zurück aufs Zimmer wo ich noch ein paar Minuten auf dem Bett in mich gehen wollte.

Aber bevor ich auch nur in die Nähe des Bettes kam, standen unsere beiden jüngeren Kinder auf der Matte und wollten mich ans Meer mitnehmen. Schließlich war ja noch nicht bewiesen, dass das Wasser auch mit Badehose und Bikini schön warm war. Während ich mir noch vornahm mir zu merken, wie schnell die beiden sich umziehen können, um dieses Wissen bei Schulbeginn wieder abrufen zu können, befand ich mich schon auf dem Weg durch die Anlage hin zum Strand.

Was soll's? Ich hatte Urlaub und auf den bequemen Liegen am Strand ließ sich sicher ebenfalls vortrefflich dösen. Den Beweis für diese Annahme konnte ich aber noch nicht antreten. Natürlich nicht, schließlich war ich ja mit Kindern unterwegs. Und die wollten unterhalten werden. Ich vertröstete die Kinder kurz, rannte durch die Anlage zum kleinen Kiosk und erstand ein Strandspielzeugset im Werte eines gehobenen Abendessens für zwei Personen in einem Lokal zu Hause. Also einen Eimer, zwei Schaufeln und ein Satz lustiger und vor allem bunter Förmchen.

Kennen Sie den Gesichtsausdruck, der völliges Unverständnis mit grenzenloser Verzweiflung und heftigem Augenrollen kombiniert, um dem Gegenüber zu signalisieren, was man von einer Aussage oder wie hier von einem Geschenk, hält? Ich lernte es in dem Moment kennen, als ich den beiden voller Begeisterung das Spielzeug präsentierte. Offensichtlich ist man mit 10 bzw. 12 schon zu alt für solcherlei Zeitvertreib. Viel zu alt.

Und so blieb mir nichts anderes übrig als mit ins Wasser zu gehen. Ich mag Sandstrände übrigens. Und ich kann Kiesstrände nicht ausstehen. Eine ganz fiese Sache sind aber Sandstrände, die genau an der Stelle, an der man den Boden gerade nicht mehr sehen kann einen Streifen mit Kies haben. Nimmt man hinzu, dass das dann natürlich auch genau jene Stelle ist, an der der Boden plötzlich abfällt und man ins Leere tritt, damit man dann möglichst unvorbereitet auf den Kies steht, dann kann man sich schon vorstellen, welche Begeisterung verspürte, mit den Kindern im Wasser zu spielen. In Zahlen würde ich es vielleicht mit einer Null beschreiben.

Aber da ich nun schon mal da war, konnte ich ja einfach den Schmerz in meinen Füßen ignorieren und Spaß haben. Leider ist es mir noch immer ein Rätsel, wie ich Spaß daran haben soll, gackernde Kinder aus dem Wasser zu heben und wegzuwerfen. O.K., hätte ich sie ein paar Kilometer weit werfen können, wäre das eine andere Sache gewesen, dann hätte die Zeit, die sie für den Rückweg brauchen für ein Nickerchen am Strand gereicht. Aber das wäre sogar utopisch gewesen, wenn ich in bester körperlicher Verfassung gewesen wäre.

War ich aber nicht. Das wurde mir beim dritten Wurf deutlich vor Augen geführt. Die kaum 30 kg unseres Jüngsten aus dem Wasser zu wuchten ging noch recht gut. Seine Schwester war aber deutlich größer und entsprechend schwerer. Und meine Arme sind es gewöhnt bewegungslos auf dem Schreibtisch zu liegen und meine Finger die ganze Arbeit machen zu lassen. Aber wenn man ihn rumwirft, kann man es ihr kaum verwehren und so nahm ich den Muskelbündelriss billigend in Kauf.

Ich hätte es nicht tun sollen. Es war zwar kein Muskelbündelriss, aber gezerrt war der Muskel sicher. Und mit ihm alle seine Kollegen im Bereich der Brust und der Arme. Zumindest fühlte es sich so an. An meinem schmerzverzerrten Gesicht und vielleicht auch an der Tatsache, dass ich heftig nach Luft schnappte merkten dann auch die Kinder, was mein Körper schon früher gemerkt hatte und mein Kopf schon kommen sah bevor ich zum ersten Wurf ansetzte. Schluss mit lustig!

Aber hey, nur weil ich kein Spaß mehr habe, bedeutet das noch lange nicht, dass das für die Kinder auch gelten muss. Und auch nicht, dass ich raus wäre, nur weil ich keinen Spaß mehr habe. Also musste auch noch ein Banana-Ritt absolviert werden und jede der sieben Rutschbahnen ausprobiert werden. Dabei stellte ich übrigens fest, dass es durchaus seinen Sinn hat, wenn man Sicherheitshinweise befolgt. Zum Beispiel bei einer der sehr steilen Bahnen, die Beine übereinander gekreuzt zu lassen. Und zwar nicht nur am Anfang, sondern vor allem beim Bremsen im waagrechten Teil. Öffnet man da nämlich die Beine, merkt man an ganz ungünstiger Stelle, welchen Widerstand Wasser haben kann, wenn man nur schnell genug ist.

Und damit ich auch wirklich am ganzen Körper Schmerzen hatte, gesellte sich dann noch eine verbrannte Stirn zu den betroffenen Regionen. Macht doch nichts. Sind ja nur noch achteinhalb Tage ...

Steine

Diamonds are a girl's best friend! Das behauptet zumindest Marilyn Monroe im gleichnamigen Lied. Den Wahrheitsgehalt dieser Behauptung kann ich nicht überprüfen, da Edelsteine aber häufig als Schmuck verwendet werden, kann man aber durchaus davon ausgehen, dass etwas dran ist. Als weiteres Indiz dafür mag gelten, was mir unlängst passiert ist. Bedauerlicherweise kann ich mir solch kostspielige Freunde nicht leisten, dennoch geht es um Steine. Nur sind die eben nicht so edel. Dafür können sie aber auch viel mehr. Sagt man. Wird gesagt. Von Frauen.

Mein Schatz eröffnete mir kürzlich beim Spaziergang durch die Stadt, sie müsse nachher unbedingt noch in den Steinladen. Steinladen? Mir war wohl entgangen, dass wir einen Umbau planen. Und ich begriff nicht, weshalb sie nicht, wie gemeinhin üblich, einfach Baumarkt sagte.

Nun beklagen sich die Damen ja häufig, dass wir Männer zu wenig kommunizieren und zu wenig darüber sprechen, was wir wirklich denken. Aus leidvoller Erfahrung weiß ich aber inzwischen, dass es sinnvoll ist, nicht alles auszusprechen, was mir durch den Kopf geht und so behielt ich auch diese Gedanken für mich.

Und das war auch gut so, denn der Laden, den wir kurze Zeit später betraten bot tatsächlich überwiegend Steine an. In vielen akkurat aufgereihten Glasschalen lagen Steine unterschiedlicher Farbe, Größe und Preise. Es gab selbstverständlich auch Bücher über Steine, allerdings weniger über deren geologische Herkunft und Beschaffenheit sondern über die den Steinen innewohnenden Kräfte. Und derer sind da viele. Ergänzt wurde das Produktangebot von allerlei Figuren aus dem Hinduismus und Buddhismus. Dekoriert mit Tüchern und dicken Teppichen, von den unvermeidlichen Salzsteinlampen in stimmungsvolles Licht getaucht. Kurzum ein Laden, den die meisten Männer ohne Zwang nicht betreten würden.

Aber wenn man mit seiner Perle unterwegs ist, dann ist das mit dem Zwang so eine Sache. Natürlich werden wir zu nichts gezwungen. Wir Männer haben einen freien Willen und können diesen auch jederzeit ausleben. Was freilich nur dann ohne negative Konsequenzen bleibt, wenn sich unser Wille mit dem der Damen deckt. Und deshalb bin ich natürlich mit Freuden auch in diesen Laden gegangen. Und das hat sich zweifellos gelohnt.

Sonst hätte ich mich nämlich um die faszinierende Erfahrung gebracht, ein Beratungsgespräch zwischen der Heilsteinfachverkäuferin und einer Kundin belauschen zu können. Ich will ja nicht zu bösartig klingen, für mich war das aber wieder ein Beleg dafür, dass wir als Menschen einfach aussterben werden. Wegen Dummheit.

Zunächst begann es noch recht harmlos und wir hätten uns auch in einem Reformhaus befinden können, wo die freundliche Dame der Kundin einen speziellen Tee empfiehlt. Das Problem der Kundin war ein etwas zu lebhafter Sohn von zehn Jahren. Aber es ging nicht um Tee sondern um Steine. Ob die Verkäuferin denn einen Stein empfehlen könne, die den kleinen Racker etwas zur Ruhe bringt.

Ich fragte mich in diesem Moment, ob die Dame hinter dem Tresen speziellen Unterricht genommen hatte oder einfach ein Schauspieltalent war, auf jeden Fall schaltete der Gesichtsausdruck von freundlich interessiert unmittelbar nach der Nennung des Problems auf verständnisvoll wissend. Klar, da habe sie auf jeden Fall etwas Passendes.

Der nun folgende Auswahlprozess war aber mitnichten so einfach wie der Griff zum Beruhigungstee im Regal. Vielmehr galt es aus der Vielfalt der möglichen Heilsteine einige Sorten zu wählen, die näher geprüft werden mussten. Kopfschmerztablette ist ja auch nicht gleich Kopfschmerztablette, so viel verstand sogar ich in meiner Skepsis. Aber obwohl es dicke Bücher gibt, die jede Eigenschaft jedes Steines genau erläutern, also quasi analog einer Packungsbeilage, ging es nicht darum, welcher Stein die beste Wirkung hatte, sondern welcher Stein am besten zur Kundin und ihrem Sohn passte.

Steine, und ich war beruhigt wenigstens diese Annahme bestätigt zu bekommen, sind naturbedingt nicht in der Lage, ihren Willen oder ihre Gedanken mitzuteilen. Der Hund, der mit wedelndem Schwanz auf mich zukommt hat dem Stein da etwas voraus. Dennoch geht etwas vom Stein aus, das erfasst und gedeutet werden muss. Und dafür gibt es die Heilsteinfachverkäuferin, die sorgsam einige Steine aus den Schalen entnahm und jeden einzelnen mehrere Sekunden lang mit geschlossenen Augen in der Hand hielt, eben um die geheimen Signale aufzunehmen.

Der Anblick der ehrfurchtsvoll zusehenden Kundin und der in einem tranceähnlichen Zustand arbeitenden Verkäuferin erzeugte einen nur schwer kontrollierbaren Lachreiz in mir, den ich nur mit großer Mühe überwinden konnte. Aber wir waren ja noch nicht fertig!

Im nächsten Schritt kam nun auch noch ein Pendel zum Einsatz. Zunächst hatte ich keinen guten Blick auf das Geschehen und hörte nur, wie die Verkäuferin sagte, dass es nun auf die Drehrichtung ankäme. Prima, dachte ich, der Stein dreht sich so wie man ihn anstößt. Das bemerkt sogar eine Kundin, die glaubt ihren Sohn mit Hilfe eines Steines zur Ruhe bringen zu können. Aber ich war natürlich viel zu naiv. Es ging eben um ein Pendel und damit lässt sich die Drehrichtung ja erwiesenermaßen nicht beeinflussen und kann somit nur vom Stein selbst verursacht werden.

Und so drehte sich das Pendel hier nach rechts und dort nach links und die Kundin war offensichtlich sehr fasziniert und damit bereit für die entscheidende Phase. Das Pendel ließ nämlich noch zwei Steine übrig, deren Energien offensichtlich optimal waren. Ob es drei Steine gewesen wären, wäre die Menschheit eine Rasse mit drei Händen, weiß ich natürlich nicht, auf jeden Fall musste die Kundin nun die Steine in die Hände nehmen, ein Stein pro Hand.

An dieser Stelle bitte ich zartbesaitete Leser in Betracht zu ziehen, die Geschichte an dieser Stelle zu verlassen. Der nun folgende Teil enthält Szenen mit brutaler psychischer Belastung für eine der handelnden Figuren (und damit meine ich noch nicht einmal die Belastung die meine Psyche durch dieses Erlebnis verkraften musste).

Nun nämlich musste die Kundin entscheiden, welcher der beiden verbliebenen Steine der richtige sei. Sie sollte es fühlen, den Stein quasi zu sich sprechen lassen. Was so harmlos klingt ist tatsächlich eine brutale Angelegenheit. Was, wenn die Kundin den Stein falsch versteht, die Energie missinterpretiert oder gar statt auf die Schwingungen zu achten allein aufgrund optischer Charakteristika entscheidet? Schließlich lag das Schicksal ihres Sohnes buchstäblich in ihren Händen.

Vielleicht beruhigte der Stein zu sehr und der kleine Racker entwickelt sich zu einem apathischen Stubenhocker. Oder eben nicht genug und der Sohn wird als ADSler abgestempelt und mit Drogen vollgepumpt. Wer kann die Bürde einer solchen Entscheidung tragen ohne darunter zu zerbrechen?

Nun, die Kundin konnte es offensichtlich. Es dauerte nur wenige Sekunden bis sie sich für die linke Hand entschlossen hatte und der Verkäuferin mit festem Blick den richtigen Stein übergab. Zum Schluss ließ sie sich noch ein Lederband aufschwatzen und zog mit dem Rat von dannen, den Sohn den Stein nicht nur am Hals sondern vor allem auf der Haut tragen zu lassen.

Toll, eine halbe Stunde Show nur um einen Stein zu finden, der den Sohn beruhigen soll. Dabei kommt es doch auf Farbe, Form und Energie gar nicht an. Der Stein muss nur groß und vor allem schwer genug sein.

Fitness

Sport, das wird jeder bestätigen, der mich kennt, liegt mir im Blut. Ohne geht gar nicht. Zugegebenermaßen gab es bei mir mit steigendem Alter gewisse Verschiebungen. War ich bis weit in die 30er noch selbst regelmäßig auf dem Spielfeld, beschränkte ich mich in der Folgezeit darauf, hin und wieder mitzumachen, wenn ich meine Juniorenmannschaft trainiert habe. Inzwischen habe ich das auch auf Notfälle reduziert.

Sport liegt mir zwar noch immer im Blut, beschränkt sich nun aber eher auf den passiven Bereich, also Fernsehen. Bedingt durch die Bewegungsarmut befindet sich mein Körper natürlich in einem jämmerlichen Zustand. Das hat aber auch Vorteile, inzwischen kann ich ohne schlechtes Gewissen behaupten, ich triebe noch immer aktiv Sport. Als körperliches Wrack bedeutet der Weg zum Schlafzimmer im dritten Stock schon eine sportliche Höchstleistung.

Aber der Mensch ist träge und ich bin diesbezüglich sowas von Mensch, dass ich mich auf die Situation eingerichtet habe. Alles wird ein wenig langsamer angegangen und im schlimmsten Fall schlafe ich halt auf der Klappcouch im Wohnzimmer. Und an dieser Stelle könnte ich meinen kleinen Bericht auch beenden, wäre da nicht ein Antrieb gewesen, der mich aus meiner Lethargie gerissen hat. Wobei das Wort "gerissen" den Sachverhalt falsch darstellt. Es war mehr so ein - zunächst kaum wahrnehmbares - Schieben.

Es begann völlig harmlos und unverfänglich. Eines Tages, ich hatte mir gerade ein frisches T-Shirt aus dem Wäschekorb übergestreift, sagte mein Schatz zu mir, es täte ihr leid. Sie habe offensichtlich meine T-Shirts zu heiß gewaschen und jetzt seien sie eingegangen. So eng fühlte sich das T-Shirt gar nicht an und so verzieh ich ihr großzügig diesen Mangel an hausfraulicher Finesse.

Ein paar Tage später suchte ich dann ein bestimmtes Hemd, das ich im Schrank vermutete, dort aber nicht fand. Mein Schatz erklärte mir, dass sie dieses Hemd erst noch flicken müsse, am Bauch sei wohl ein Knopf abgerissen. Hm, dachte ich mir, komisch, das war mir gar nicht aufgefallen. War aber auch kein großes Problem, ich habe ja nicht nur ein Hemd.

Der erste Verdacht, dass eine Bemerkung eventuell mehr beinhalten könnte als die reine Information, die sie transportiert, kam mir bei einem gemütlichen Abendspaziergang. Wir waren erst ein paar Minuten unterwegs, der Streckenverlauf mehr oder minder eben und die Temperaturen im optimalen Bereich, da fragte mich meine Frau, ob ich noch könne. Wir könnten auch langsamer gehen, wenn es mir zu schnell ginge.

Wie bitte? Wir hatten uns in einem mir äußerst angenehmen Tempo bewegt, langsamer gehen würde also bedeuten stehen zu bleiben. Diese Erkenntnis und der Gesichtsausdruck meiner Liebsten machten mir deutlich, dass ich hier wohl mit einer versteckten Andeutung konfrontiert war. Zusammen mit allerlei anderen Vorkommnissen verdichtete sich der Verdacht, dass man mir zwischen den Zeilen klar machen wollte, dass es an der Zeit sei, etwas gegen den körperlichen Verfall, das zu hohe Gewicht und für die Gesundheit zu tun.

Hatte ich erwähnt, dass der Mensch träge ist? Mir gab diese deutlich ausgeprägte Eigenschaft die Möglichkeit, zwar zu der Erkenntnis zu gelangen, ich müsse etwas tun, diese aber erst einmal sacken zu lassen und die nächsten Schritte zu gegebener Zeit gedanklich durchzuspielen. Diese - von mir in vielerlei Hinsicht perfektionierte - Strategie wurde aber im Keim erstickt, als mein Schatz verkündete, dass wir fortan in ein Fitness-Studio gehen würden. Sie habe sich bereits angemeldet, mich dabei auch gleich angekündigt und ich solle dort anrufen um einen Termin zu vereinbaren. Jetzt.

Wenn man mich so anschaut und meine innere wie äußere Ruhe kennt, mag man es kaum glauben, aber es gibt auch Dinge, die mich kurzfristig auf Trab bringen. Ein Telefon, das mir unter die Nase gehalten wird gepaart mit dem unmissverständlichen Gesichtsausdruck meiner Frau und dem Wörtchen "jetzt" gehören zweifelsohne dazu.

Also rief ich an und erkundigte mich erst einmal grundlegend. Für einen unanständig hohen Preis konnte ich einen einjährigen Basisvertrag abschließen, der mir ermöglichte, die Einrichtungen des Studios während der Öffnungszeiten beliebig in Anspruch zu nehmen. Meine Frau war natürlich in der Nähe geblieben um sicherzustellen, dass ich keine Pizza bestellte statt im Studio anzurufen und hatte meine weit aufgerissenen Augen und die Schweißperlen auf meiner Stirn korrekt interpretiert. Mit dem Hinweis, dass es ja schließlich um meine Gesundheit ginge, die letztendlich unbezahlbar sei, war mir klar, dass der genannte Betrag eben so akzeptiert werden musste.

Nachdem ich den Termin vereinbart hatte, bekam ich zur Belohnung einen freundlichen Klaps. Nicht wie üblich auf die Schulter sondern auf den Bauch. Dann erzählte mir meine Frau von ihrem ersten Termin. Wie sie sich anfangs beim Walken auf dem Laufband ein wenig warm gemacht hatte und dann eine Reihe von Übungen in einem speziellen Bereich des Studios gemacht hatte, die gut zu bewältigen waren und Spaß machten. Spaß? Na klar. Und die Erde ist eine Scheibe.

Sei's drum, ich hatte eine Entscheidung getroffen oder besser, die Entscheidung war getroffen. Also ging ich am Folgetag hin und wurde von einer drahtigen, bestens durchtrainierten Dame freundlich begrüßt. Trotz aller Attraktivität und Freundlichkeit entging mir ihr Blick auf meinen Bauch und das anschließende Zucken nicht. Nachdem meine Personalien aufgenommen worden waren, wurden mir einige Fragen gestellt, deren Antworten fein säuberlich notiert wurden. Als ich gefragt wurde, was denn meine Motivation sei, mit dem Training zu beginnen, antwortete ich wahrheitsgemäß "Meine Frau". Diese Antwort wurde ignoriert und nicht ins Formular aufgenommen.

Auch meine Antwort auf die Frage, was mein Ziel sei, fand keinen Eingang in die Unterlagen. "Es zu überleben" schien ebenso wenig akzeptabel zu sein wie "es hinter mich zu bringen". Durch eine geschickte Fragetechnik, die vermutlich in geheimen Lagern der NSA perfektioniert wurde, entlockte sie mir dann aber doch die Zugeständnisse, dass ich Gewicht verlieren und meinen Körper vom schlabbernden wieder in den festen Zustand überführen wolle.

Dazu hatte sie natürlich gleich das richtige Paket im Angebot und im irrigen Glauben, dass das am Vortag geführte Gespräch schon hinreichend geklärt hatte, was ich will, unterschrieb ich wenige Minuten später einen entsprechenden Vertrag. Der Betrag entsprach in etwa dem zuvor gehörten und als ich dann eine Trinkflasche, einen Beutel Eiweißpulver nebst Schüttelbecher und dann auch noch eine kleine, attraktiv gestaltete Kartonschachtel mit Ampullen zur Unterstützung des Stoffwechsels erhielt, schien mir der Betrag doch nicht mehr ganz so unverschämt hoch. Abgesehen davon, dass meine Fitnesstrainerin wie erwähnt recht attraktiv war. Das Auge trainiert ja schließlich mit.

Letzteres erwähnte ich sicherheitshalber nicht, als ich kurze Zeit später zuhause von meinen Erlebnissen berichtete und stolz meine Geschenke präsentierte. Aber meine überraschend positiven Schilderungen schienen bei meinem Schatz eher auf Unverständnis als auf Freude zu treffen. Das mag daran gelegen haben, dass sie all diese schönen Sachen nicht bekommen hatte. Mein zugegebenermaßen überhebliches "Tja" blieb mir aber im Halse stecken, als sie mir auf der Vertragskopie zeigte, dass ich zum Basisvertrag noch ein spezielles Herz-Kreislaufpaket gebucht und bezahlt hatte.

Also packte mir mein Schatz die Sachen schön wieder in eine Tasche und schickte mich mit einem nicht minder überheblichen Tätscheln auf den Kopf wieder zurück ins Studio, um meinen Fehler zu korrigieren. Dies erwies sich allerdings als weniger einfach als gedacht. Ich habe ja unterschrieben und auch schon mit EC-Karte bezahlt, deswegen könne man mir mein Geld nicht zurückgeben. Falls ich aber wirklich auf das unfassbar tolle Paket verzichten wolle, könne man den Differenzbetrag kulanter Weise auf meine Karte buchen. Als Guthaben für Getränke, Powerriegel oder Trinkflaschen.

Was soll's? Ist alles für meine Gesundheit und ich würde ja von einer netten jungen Frau in Form gebracht. Da muss man halt auch mal Abstriche machen. Diese Abstriche kamen dann auch, allerdings in anderer Form als ich erwartetet hatte. Als ich nämlich zwei Tage später zum ersten Training erschien, bat mich meine Fitnesstrainerin kurz zu warten. Gefolgt von der Bemerkung "Er kommt gleich.".

Moment,"er"? Ja er. Und er war genau das was man sich unter einem er vorstellt, der in einem Fitnessstudio ein- und ausgeht. Ein Berg von einem Kerl. Mein Jugendfreund Stapfi hätte bezüglich dieser beeindruckenden Arme gesagt "das hätten wohl mal Beinchen werden sollen". Unfassbar. Und dieser Typ nahm sich dann meiner an. Oder nahm sich mich vor, das trifft es wohl besser.

Niedergeschlagen und etwas ängstlich folgte ich Arnold (in Wirklichkeit heißt er Lars) durch das Studio, ließ mir die Übungen zeigen, die ich in den kommenden sechs Wochen zwei mal wöchentlich durchziehen sollte und erkannte, dass mein Ziel, die Sache zu überleben wohl weniger ein Scherz als eine Notwenigkeit war. Die Frage nach dem Bereich, in dem mein Schatz trainierte, wurde mit einer gewissen Abfälligkeit in der Stimme beantwortet. Das sei nur was für Frauen. Ich hatte aber wenig Hoffnung, dass es helfen würde, meine feminine Seite hervorzuheben und beschränkte mich darauf wimmernd darum zu flehen, er möge doch die Tatsache berücksichtigen, dass ich seit Jahren nichts mehr gemacht hatte. Das habe er doch bei der Wahl der Gewichte schon getan. Und schließlich gehöre der Schmerz ja auch irgendwie dazu, oder?

Ja und so sitze ich nun hier, am Tag 1 nach meiner ersten Trainingseinheit und kann mich kaum mehr bewegen. Die Schmerzen gehören dazu, das kann ich uneingeschränkt bestätigen. Und wenngleich sie sich bei der Arbeit am Computer in überschaubaren Grenzen halten, so werde ich doch jedes mal unmissverständlich an sie erinnert, wenn ich mich von meinem Stuhl erhebe, um einen Ordner aus dem Schrank zu holen. Meine Kollegen wundern sich schon, dass ich so viele Ordner auf dem Tisch habe. Ich muss mir noch eine clevere Ausrede ausdenken. Dass mir jeder Muskel im Oberkörper und in den Armen so weh tut, dass ich es nicht mehr schaffe die Ordner in eines der oberen Fächer zu wuchten, werde ich aber sicher niemandem erzählen.

Alles Kopfsache

Als wenn es nicht schon schlimm genug wäre, dass die Welt um mich herum so ist wie sie ist und ich mich deshalb immer wieder mit den Härten unseres kümmerlichen Daseins herumschlagen muss, bin ich auch noch seit meiner Jugend mit Migräne geschlagen. Glücklicherweise halten sich die Anfälle in erträglichem Rahmen. Nehme ich beispielsweise rechtzeitig meine Tabletten, halte ich den Anfall im Zaum und muss nur mit einem dumpfen Gefühl im Kopf herumlaufen. Aber selbst wenn ich den richtigen Moment verpasse, muss ich nicht drei Tage in einem abgedunkelten und schallgeschützten Raum verbringen. Herzhaftes Erbrechen und ein paar Stunden Schlaf reichen meist, wenn's mich mal wieder erwischt. Und auch die Häufigkeit meiner Anfälle reicht nicht aus, um ehrliches Mitgefühl zu ernten.

Aber eben dieses ehrliche Mitgefühl dürfte folgende Geschichte erwecken. Oder ehrliche Schadenfreude, falls man mich nicht leiden kann. Es begann - interessanterweise läuft das häufig so bei mir - ganz harmlos. Und das ist noch untertrieben, es begann geradezu entspannt und angenehm. Wir waren nämlich im Urlaub. Mein damals sechsjähriger Sohn, seine Mutter und ich. In der Türkei, "all inclusive" in einer tollen Ferienanlage. Wir waren schon einmal dort und ich find es klasse. Und wenn ich es irgendwo klasse finde, bleibe ich oder gehe eben wieder dorthin. Hätten wir in meinem Heimatort ähnliche Gegebenheiten (Sonne, Strand, Meer, "all inclusive"), ich hätte vermutlich den Landkreis nie verlassen.

Die Anlage ist also toll und es fehlt an nichts. Zumindest für Menschen, die sind wie ich. Meine Gattin ist das nicht. Man müsse doch auch mal raus aus der Anlage, etwas mehr vom Land sehen und etwas unternehmen. Nein, muss man nicht, schließlich bin ich im Urlaub. Wie so oft fanden meine Einwände nicht ausreichend Gehör oder meine nonverbalen Signale (zusammengesunkene Statur, leidgeplagte Mimik und intensives Augenrollen) werden nicht wahrgenommen. Wobei mich der Verdacht beschleicht, dass letzteres durchaus auch schon mal absichtlich passiert ist.

Sei's drum, der Ausflug wurde festgelegt und nach kurzem Studium der gefühlt vierhundert Angebote, alle ähnlich vom Inhalt und der Darbietung, laminiert und im klebrigen Plastikordner, wurde die "Blaue Fahrt" ausgewählt und gebucht. Eine idyllische Fahrt auf einem gemütlichen Holzschiff, die Küste entlang mit Badepausen an einsamen Stränden und gewohnt guter Verpflegung. Die Absenz meiner Begeisterung brachte ich wieder nonverbal aber nichtsdestotrotz deutlich zum Ausdruck, was allerdings wie erwartet nichts änderte. Ich meine, wozu das alles? Der Teil der Küste, der mich interessiert liegt direkt vor dem Hotel und nennt sich Privatstrand. Ausserdem passt "gemütliches Holzschiff" und üppiges Essen wie ich es in der Hotelanlage zu schätzen gelernt habe in meinem Kopf so gar nicht zusammen.

Natürlich hatte ich den Verdacht, dass meine Frau nicht ganz unbeeinflusst vom zusätzlich angepriesenen Besuch einer Schmuckausstellung geblieben war, deshalb stellte ich meine Proteste ein und ergab mich meinem unabwendbaren Schicksal. Nicht ohne vorher den horrenden Preis des Ausflugs an einen freundlich lächelnden Mitarbeiter des Veranstalters zu übergeben. Das Lächeln war eines von der Art, die man sich bei einem zwielichtigen Gebrauchtwagenhändler vorstellt und das einem das Gefühl gibt, das unfallfreie Fahrzeug aus einer Tageszulassung sei in Wirklichkeit ein restauriertes Auto aus einem Crashtest, der nach Erreichen der 100.000 km Laufleistungsgrenze durchgeführt wurde. Zumindest kam mir das Lächeln so vor. Und ich sollte recht behalten.

Statt also bis um zehn zu schlafen, dann das Spätaufsteherfrühstück zu genießen und vor dem Mittagessen noch kurz in den Pool zu springen, fanden wir uns tags darauf um 8:00 Uhr an der Rezeption ein und warteten mit einigen anderen Opfern ääh Ausflüglern auf den Bus. Zu diesem Zeitpunkt war mein Kopf noch in Ordnung. Natürlich, warum auch nicht. Schließlich hatten wir einen schönen Ausflug vor uns und das Wetter war traumhaft. Was konnte da noch schief gehen? Nun, ganz einfach, man könnte die Kopfschmerztabletten vergessen. Und genau das tat ich auch. Aufgefallen ist mir das natürlich erst, als wir die Hotelanlage schon verlassen hatten.

Murphys Law besagt, dass ich keine Kopfschmerzen bekomme, wenn mir nicht auffällt, dass ich keine Tabletten dabei habe. Und der Umkehrschluss gilt natürlich auch. Also begannen meine Kopfschmerzen und ich hatte keine Chance vor dem Abend an meine Tabletten zu kommen. Normalerweise gehöre ich nicht zu den Menschen, die im Bus mehr Mühe haben, als in anderen Fahrzeugen. Normalerweise fahre ich aber auch nicht stundenlang bei 40° Außentemperatur in einem kläglich klimatisierten Bus durch die Türkei. Mit eiserner Selbstdisziplin und Meditation (soweit es überhaupt möglich ist in einem vollbesetzt dahin rumpelnden Bus mit Kind und Ehefrau zu meditieren) hielt ich die Schmerzen in Schach und mich am Gedanken fest, ein wenig in den Schatten an der frischen Luft sitzen zu können, wenn der Rest sich die Schmuckausstellung ansieht.

Am feudalen Sitz des Schmuckhauses angekommen, wurde der Bus dicht ans Gebäude gefahren und zwei freundliche aber bestimmt wirkende Herren standen wie aus dem Nichts direkt neben der Bustüre und versperrten so den Weg in die Freiheit. Man hatte also keine andere Möglichkeit als geradeaus das Gebäude zu betreten aus dem wenigstens angenehm kühle Luft strömte. Wäre mein Kopf in Ordnung gewesen, ich hätte vermutlich einen Ausbruchsversuch gestartet und wenn nur aus dem Grunde um zu erfahren, ob diese Typen wirklich Elektroschocker haben, damit sie die Herde der Touristen im Griff behalten können.

Durch einen Gang gelangten wir in den üppig ausgestatteten Verkaufsraum, der sehr aufwändig gestaltet war und einen edlen Eindruck machte. Großzügig und mit vielen Vitrinen aus denen der Schmuck um die Wette funkelte. Während die ersten Damen schon losstürmten, um zu vermeiden, dass die furchtbare Dame aus der anderen Ferienanlage die besten Stücke einheimste, fiel mir auf, dass die Türe, durch die wir eingetreten waren, geschlossen wurde, sobald der letzte von uns eingetreten war. Vielleicht war es meinen Kopfschmerzen zuzuschreiben, aber ich meine ein kurzes blaues Aufblitzen gesehen zu haben, worauf ein Nachzügler mit einem Satz in den Raum sprang.

Wären die eben erwähnten Damen nicht gewesen, wäre die Gesamtheit der Touristen vermutlich in einer Gruppe an der Türe stehen geblieben und hätten damit gewirkt, wie ein Rudel Schafe, die in ein Wolfsgehege gescheucht wurden. Die zahlreichen Verkäufer, die strategisch geschickt im Raum aufgestellt waren und einer im Geheimen eingeübten Choreographie folgend auf uns zukamen, wären in diesem Falle die Wölfe gewesen. Ob ein paar von uns dann tatsächlich gerissen wurden oder einfach nur freundlich aber nicht minder aufdringlich beraten wurden, entzieht sich meiner Kenntnis, ich hatte in der Zwischenzeit nämlich nach einem Fluchtweg Ausschau gehalten und fand tatsächlich eine unverschlossene Türe.

Diese führte aber nur zu den Toiletten, deren vergitterte Fenster jeden Gedanken an Freiheit im Keime erstickten. Aber wenigstens, so dachte ich mir, könnte ich mich ein wenig erfrischen und kühles Wasser über meinen Kopf laufen lassen, um das stärker werdende Wummern hinter meiner Stirn abzumildern. Wer schon einmal etwas von Murphys Law gehört hat, wird sich denken können, was mich erwartete. Wenn man nämlich fast einen Herzschlag bekommt, weil aus dem Duschkopf statt angenehm temperiertem Wasser ein Schwall Eiswasser über den Körper fliesst, dann kommt aus dem türkischen Wasserhahn natürlich kein angenehm kühlendes Nass. Immerhin habe ich mir die Kopfhaut nicht verbrüht. Ich war inzwischen ja schon mit wenig zufrieden.

Zurück im Verkaufsraum stellte ich erschreckt fest, dass das Fehlen eines Ausgangs wohl zum Konzept gehörte. Wenngleich noch einige "Gäste" Schmuck begutachteten, so saß die Mehrheit doch schon auf Treppenstufen oder auf dem Boden und wartete auf Rettung. Sitzgelegenheiten gab es natürlich auch nicht, weil man ja Schmuck kaufen sollte. Schließlich waren wir ja nicht zum Spaß hier, sondern auf einem entspannenden und idyllischen Ausflug. Irgendwann wurden dann doch noch gut getarnte Türen weit geöffnet und wie gut trainierte Hirtenhunde leiteten die Angestellten uns auf dem kürzest möglichen Weg nach draußen. Vermutlich wartete am Eingang schon der nächste Viehtransport.

Im Bus angekommen sehnte ich mich schon wieder nach dem Verkaufsraum, weil meine Kopfschmerzen in der stickigen Luft wieder an Intensität zunahmen. Inzwischen bemerkte ich auch erste Anzeichen der erwarteten Übelkeit. Als wir das gemütliche Holzboot erreicht hatten, befand ich mich bereits auf gutem Wege zu einem ausgewachsenen Migräneanfall. Dass wir die letzten Ausflügler waren, die ankamen und deshalb auf Deck keine Schattenplätze mehr frei waren, versprach zumindest kurzfristig keine Linderung meiner Leiden. Ich suchte mir einen Platz, an dem zwar mein Körper verbrannt würde, aber wenigsten mein Kopf nicht der direkten Sonnenstrahlung ausgesetzt war und versuchte mir mit den Handballen die Augäpfel auf dem kürzesten Wege an den Hinterkopf zu drücken.

Die weitere Fahrt erlebte ich mehr oder minder im Delirium. In den kurzen Momenten, in denen ich die Augen öffnete erkannte ich die interessante Auslegung des Begriffs "einsam". Das Wort bedeutete in unserem Falle, dass keine weiteren Schiffe direkt neben uns fuhren. Sie fuhren vor uns und hinter uns. Die einsame Fahrt war also eher eine Karawane auf See. Mir ging es aber inzwischen so schlecht, dass ich keine Kraft hatte eine abfällige Bemerkung zum Thema zu machen. Das wäre ohnehin müßig gewesen. Meine Frau hatte die Bekanntschaft einer Dame gemacht, mit der sie sich dem Vernehmen nach sehr gut Verstand, wobei der ausgeschenkte Sekt und die Hitze vermutlich ihren Beitrag zur gelösten Stimmung beitrugen. Ich schreibe es meinem Zustand zu, dass das übliche Gackern fröhlich plappernder Frauen in meinen Ohren wie schadenfrohes Gelächter klang.

Die versprochene Badepause in einer einsamen Bucht war ebenso einsam wie die Fahrt, nämlich gar nicht. Und es war auch nicht so, dass man an den Strand gebracht worden und von dort aus zu Fuß ins Wasser gegangen wäre. Nein, von einer seitlich an der Schiffswand hängenden Treppe ging es zum Baden. Unseren Kleinen da einfach unbeaufsichtigt herum planschen zu lassen, war keine gute Idee und die angebotene Schwimmweste war selbst für mich zu groß. Also musste ich auch ins Wasser und dabei zusehen, wie mein Sohn von Deck ins Wasser sprang, die Treppe herauf-rannte, von Deck ins Wasser sprang und so weiter. Irgendwann habe ich ernsthaft in Betracht gezogen, mich einfach zu Boden sinken zu lassen und das Ende zu erwarten. Stattdessen tauchte ich meinen Kopf immer mal wieder in das einigermaßen kühle Wasser und hoffte, mein Sohn würde bald die Lust verlieren.

Als dies dann unerwartet schnell tatsächlich auch passierte, hätte ich misstrauisch werden müssen. Wurde ich aber nicht, sondern freute mich nun doch im Schatten liegen zu können, weil die anderen Mitfahrer noch im Wasser waren. Mein nasser Kopf vom Seewind gekühlt, im Schatten liegend ging es mir für einen Moment den Umständen entsprechend gut. Aber eben nur einen Moment lang. Dann begann ein immer lauter werdendes UMZ UMZ UMZ UMZ meine aufsteigende Entspannung mit Wucht wieder zu vertreiben. Grund war ein anderes Ausflugsschiff bei dem im Prospekt allerdings eher eine Partyfahrt als ein gemütlicher Ausflug angepriesen worden war. Auf jeden Fall ankerte das andere Schiff unweit des unseren und ich hatte in der Folge den Eindruck, die Bassschläge der Musik würden durch das Zusammenschlagen meines Kopfes und des Decks erzeugt. In dieser Phase des Ausflugs fragte ich mich, ob es nicht doch besser gewesen wäre, zu ertrinken als ich noch die Chance dazu hatte. Mit diesem Gedanken verfiel ich in eine Art Dämmerschlaf.

An einen erhol- und vor allem heilsamen Schlaf war natürlich nicht zu denken und deshalb entschied ich mich zur Toilette zu gehen um mich zu erbrechen. Das ist zwar nicht sonderlich angenehm versprach in der Regel aber zumindest ein wenig Linderung. Wirklich übel war mir nicht, aber ich wollte es dennoch versuchen. Als ich unter Deck dann die Toilette fand, wäre es mir vermutlich auch bei bester Gesundheit leicht gefallen mich meines Mageninhaltes zu entledigen. Die Kajüte durch die man gehen musste, ebenso wie die Toilette selbst waren mit Teppich ausgelegt, der von was auch immer nass war. Die Rolle Toilettenpapier war ein einziger nasser Klumpen und der Geruch war betäubend. Das ging dann quasi wie von selbst.

Normalerweise geht es mir recht schnell wieder besser, wenn ich wieder einen leeren Magen habe. Aber normalerweise halte ich mich auch nicht in einer dunklen, nassen und stinkenden Kajüte auf dem Mittelmeer auf. Deshalb hielt sich meine Genesung in Grenzen und da ich zuvor unvorsichtigerweise meinen Schattenplatz aufgegeben hatte, blieb mir danach nichts anderes übrig, als wieder eine Stelle zu suchen, an der wenigstens mein Kopf wieder beschattet war. In einem Hollywoodfilm wäre meine Frau mit besorgter Mine neben mir gesessen, hätte mit einem eiswasserfeuchten Tuch meine Stirn betupft und irgendwann im Verlaufe des Films wäre ich wieder gesundet und wir wären bis an unser Lebensende in den Sonnenuntergang gesegelt. Stattdessen hörte ich Sektgläser klingen und fröhliches Gelächter, während ich versuchte mit den Fingern hinter meine Augäpfel zu kommen, um den Kopfschmerz zu stillen.

Aber selbst das größte Leiden hat einmal ein Ende und als wir endlich wieder im Hafen angekommen waren, sah ich den berühmten Silberstreif am Horizont. Da auf dem Rückweg kein weiterer Besuch einer Touristenfalle geplant war, würde sich die Dauer in engen Grenzen halten. Ich würde im Zimmer eine Tablette nehmen können, bei eingeschalteter Klimaanlage und abgedunkeltem Fenster ein wenig schlafen können und dann frisch wie ein junges Reh über die vom Morgentau feuchte Wiese tollt zum Abendessen gehen und das Leben wäre wieder schön. Klingt gut, oder? Ja, das tut es und wäre ich nicht in meiner Wahrnehmung eingeschränkt gewesen, ich hätte gemerkt, dass es zu gut klingt um wahr zu sein.

So traf es mich aber völlig überraschend, als wir etwa nach der Hälfte der Strecke mitten in der Pampa an einer Kreuzung rechts ranfuhren und stehen blieben. In einem an gebrochenes Deutsch erinnernden Schwall von Worten wurde uns mitgeteilt, dass wir auf einen weiteren Bus warteten. Man würde uns dann so auf aufteilen, dass die Verteilung auf die Ferienanlagen schneller ginge. Tolle Sache und auch wenn das etwas überheblich klingt, ich hatte mit einer so ausgefeilten Logistik wirklich nicht gerechnet. Und meine Skepsis wurde eine Weile später auch bestätigt. Weil wir nämlich eine Weile auf den anderen Bus warten mussten. Und zwar gute 45 Minuten!

Als wir endlich im Hotel waren und ich auf dem Bett liegend in den lang ersehnten Schlaf sank, hörte ich noch weit entfernt meine Frau mit meinem Sohn sprechen: "Das war ein toller Ausflug, stimmt's? Das machen wir wieder einmal."

So kann's gehen!

Erfolgreiche Autoren werden in Interviews gerne einmal gefragt, woher die Ideen kommen, die sie für ihre Geschichten verwenden und wie die Geschichten überhaupt entstehen. Ich hingegen erzähle das unaufgefordert.

Ich gehöre zu den Menschen, die meist mit guter Laune aufwachen. Und es gehört schon einiges dazu mir diese Standardlaune zu verderben. An einem Tag an dem der Himmel blau und wolkenlos war, die Vöglein zwitscherten, es in der Nacht trotz der sommerlichen Tagestemperaturen angenehm kühl war und ich hervorragend geschlafen hatte, ist das sogar noch schwieriger.

Einige Minuten nachdem der Wecker fröhlich verkündet hatte, dass ein neuer, wunderschöner Tag begonnen habe (siehe auch "blauer Himmel" im vorherigen Absatz) ging ich wohlgemut ins Bad und begann mein morgendliches Reinigungs- und Pflegeritual. Ich hielt den Kopf unter den Wasserhahn, trocknete ihn ab und wollte mit meiner Bürste, mein noch verbliebenes Haar zumindest einigermaßen in Form bringen, was durch zwei strategisch unglücklich platzierte Wirbel nicht immer ganz einfach ist. Das ohne Bürste hinzubekommen ist geradezu unmöglich.

Und mit genau dieser Situation war ich konfrontiert, als ich die Schublade öffnete und meine Bürste nicht dort fand, wo sie hätte liegen müssen. Diese Feststellung bremste meine Begeisterung für den neuen Tag schon ein klitzekleines bisschen ab. Ich mag es nicht, wenn meine Bürste nicht da ist wo sie hingehört. Aber sie war nicht da, sondern, so mutmaßte ich, im oberen Stockwerk bei meinem Sohn. Da mein Zeitplan morgens eher eng gesteckt ist, konnte ich nicht riskieren nach oben zu gehen und nach meiner Bürste zu suchen. Die Konsequenz daraus lautete aber eine fremde

Bürste zu verwenden. Das mag ich aber erst recht nicht, auch wenn mir die Bürste meiner Freundin nicht wirklich fremd ist.

Nachdem ich mir also unter Schmerzen (die durchaus teils psychischen Ursprungs gewesen sein könnten) mein Haar einigermaßen in Form gebracht hatte, begann ich mit Teil zwei meiner Morgentoilette. Meine Zahnbürste war erfreulicherweise genau dort wo sie hingehörte und ich wollte voller Begeisterung meine Zähne putzen. Das ist allerdings nur bedingt wirkungsvoll und auch ein wenig seltsam, wenn man keine Zahncreme verwendet. Und es ist auch keineswegs so, dass ich das normalerweise so machen würde, aber meine Zahncreme war nicht da. Und was noch viel schlimmer war, ich konnte noch nicht einmal meinen Sohn dafür verantwortlich machen. Für ein Campingwochenende hatte ich eine Tasche gepackt und die stand schon in der Wohnung meiner Freundin.

An dieser Stelle merkte ich schon, dass der Tag möglicherweise doch nicht ganz so toll werden würde, wie es beim Klingeln des Weckers ausgesehen hatte. Sich mit der falschen Bürste die Haare kämmen zu müssen, ist schon schlimm genug. Nun aber auch noch Zähne putzen mit der falschen Zahncreme? Sicher nicht! Glücklicherweise fand ich noch eine alte Tube meiner Zahncreme und begann sorgfältig vom hinteren Ende der Tube nach vorne zu streichen, um die Paste aus der Tube drücken zu können. Normalerweise fange ich eine neue Tube erst an, wenn sich die alte nichts mehr entlocken lässt. Nach etwa zehn Minuten hatte ich es dann aber doch noch geschafft und ein etwa Stecknadelkopf großes Tröpfchen Zahncreme auf den Bürstenkopf gedrückt. Die Zerrung im Oberarm, die ich mir dabei zuzog half nicht, den freien Fall meiner Laune zu dämpfen, wie man sich vorstellen kann.

Beinahe rechnete ich schon damit, dass auch die am Vorabend sorgsam zurecht gelegte Kleidung nicht mehr dort sein würde, wo ich sie abgelegt hatte, aber meine Befürchtungen bewahrheiteten sich nicht, ich konnte mich ungestört ankleiden und merkte schon, wie sich die gute Laune, beflügelt durch die frische Luft, die durch das Fenster wehte, wieder einstellte. Und der Tag hätte auch noch gerettet werden können, hätte ich nicht kurze Zeit später zum dritten Mal in Folge ins Leere gegriffen. Dort wo nämlich normalerweise mein Parfüm steht, war nichts außer der After Shave Lotion für empfindliche Haut mit Aloe Vera und feuchtigkeitsspeichernden Mikrodepots. Und das natürlich parfümfrei. Ich verweise in diesem Zusammenhang auf die oben schon erwähnte Tasche für das Campingwochenende. Das ist die Tasche, die in der Wohnung meiner Freundin stand.

Ich bin in der glücklichen Lage ein einfaches Gemüt zu haben und das hat unter anderem den Vorteil, dass sich Rückschläge bei der Entfaltung meiner guten Laune recht leicht ausgleichen lassen. Zum Beispiel durch den ersten tiefen Atemzug nach Verlassen des Hauses an einem schönen Sommertag. Und die Gehässigen unter meinen Lesern muss ich an dieser Stelle bitter enttäuschen, die Luft roch weder süßlich abgestanden wie nach einer tropischen Nacht noch nach frischer Gülle, ausgebracht von den fleißigen Landwirten in der nahen Schweiz. Nein, ganz im Gegenteil. Die Luft roch frisch, sauber und kühl. Und eben dieser erste Atemzug brachte die gute Laune mit einem Schlag zurück.

Das ging sogar so weit, dass ich, obwohl tatsächlich kein begeisterter Gärtner, die Muße fand ein paar Winden aus meinen sorgsam geschnittenen Buchskugeln zu ziehen. Die Tatsache, dass die Winden dieses Mal besonders hartnäckig waren und ich dadurch grüne Finger bekam, konnte der wiedererstarkten guten Laune keinen Abbruch tun. Ebenso wenig wie die Tatsache, dass ich die Tasche mit meiner Zahncreme und meinem Parfüm, also jene Tasche, die ich bei meiner Freundin vermutet hatte, auf dem Rücksitz meines Autos stehen sah.

Inzwischen war ich wieder so gut gelaunt, dass ich diese Wendung als spaßigen Einfall des Schicksals auffasste und mit einem Lächeln auf den Lippen zur Arbeit fuhr. Mit einem kleinen Abstecher zu meinem Bäcker versteht sich. Ein Tag im Büro beginnt nämlich mit einer Laugenbrezel und einer Schokomilch wesentlich besser. Vorausgesetzt man lässt die Flasche beim Einsteigen ins Auto nicht auf das Pflaster fallen und verbringt die folgenden Minuten damit, die Glasscherben aus der Kakaobrühe zu fischen.

Man sieht also, ich brauche keine Ideen für meine Geschichten. Ich muss nur erzählen, was mir so alles passiert.

Friede sei mit mir!

Ich habe leicht asoziale Tendenzen. Sagt meine Frau. Menschen, die mich nicht so gut kennen, würden sich verwundert die Augen reiben ob der offenkundig ungerechten Einstufung, weil ich eben ein netter Kerl bin, wenn ich auf Menschen treffe. So bezieht sich die Feststellung meines Lieblings auch weniger auf die Tatsache, dass ich nicht mit anderen Menschen auf sozialer Ebene interagieren könnte, es ist vielmehr das Wollen, das sie mir - völlig zu recht, wie ich ausdrücklich anmerken möchte - abspricht.

Ja, ich bekenne mich dazu, dass ich selten von mir aus ein Gespräch mit Menschen beginne, mit denen ich außer der Zugehörigkeit zur Spezies Mensch nichts gemeinsam habe. Egal wo und wer. An anderer Stelle habe ich schon mal beschrieben, dass ich schon manch Bekannten im Supermarkt ratlos habe stehen lassen, weil ich auf das, in freudiger Erwartung auf eine kleinere Plauderei ausgesprochene Grußwort zwar freundlich reagiere, aber dann ohne meinen Schritt zu verlangsamen weitergehe.

Gestern habe ich eine Aufführung der Kinder in der Schule besucht. An dieser Stelle gehe ich nicht darauf ein, wie ich die Aufführung fand und ob meine Lachmuskelzerrung mehr Schmerzen verursacht als meine malträtierten Ohren. Es geht mehr um das Ende, das gnädigerweise schneller kam als erwartet. Unmittelbar nach diesem Ende habe ich dann nämlich erledigt, weshalb ich - freiwillig oder nicht lasse ich einmal dahingestellt - gekommen bin, ich habe die Show gesehen. Weshalb ich nun mit der Mutter reden muss, die ihre Tochter ob ihres Gesanges lobt statt ihr vernünftigen Unterricht zu bezahlen, erschliesst sich mir nicht. Ich will nicht über ihre Tochter reden. Ich will überhaupt nicht mit ihr reden, ich kenne sie doch gar nicht. Nur mal so als Beispiel.

Man verstehe mich nicht falsch, es ist ja keineswegs so, als verweigerte ich die Kommunikation mit anderen Menschen gänzlich oder gar mangels sprachlicher Fähigkeiten. Ich spreche. Und auch nicht nur in geringem Umfang. Es ist sogar schon (mehrfach) passiert, dass ich der Gestik oder Mimik meines Gegenübers entnehmen konnte, dass es durchaus begrüßenswert wäre, wenn ich endlich zum Punkt käme. Ich spreche. Nur nicht so gern mit Fremden und schon gar nicht, wenn der einzige Grund ist, dass man zeitweise im selben geographischen Bereich unterwegs ist.

Bedauerlicherweise sind es genau diese geselligen Schwätzer, deren es an der Fähigkeit mangelt zuzuhören. Es versteht sich von selbst, dass es bei solchen Menschen auch nur schwer möglich ist, Hinweise zwischen den Zeilen zu verstecken. Wobei, verstecken kann man die Hinweise schon, sie werden nur eben nicht entdeckt oder - wie ich durchaus bei einigen dieser Plaudertaschen vermute - bewusst ignoriert.

Wenn ich auf dem Fußballplatz stehe und meiner Mannschaft zusehe, dann bedarf es seitens der Zuschauer neben mir keiner an mich gerichteten Kommentare zum Spielgeschehen. Ich bin ja auch da und weil ich mich nicht ständig mit anderen unterhalte, kann ich dem Spielgeschehen problemlos folgen. Hinweise wie "das war doch ein Foul" oder "das war nie und nimmer ein Elfer" sind überflüssig. Da weder ich noch der redselige Fan Einfluss auf die Entscheidungen des Schiedsrichters haben und ich mich auch keineswegs besser fühle, wenn die Quasselstrippe neben mir richtig liegt, also meiner Meinung ist, können solche Kommentare ersatzlos entfallen.

Wobei man natürlich sagen muss, dass man auf dem Fußballplatz (zumindest auf den Plätzen auf denen meine Mannschaft spielt) notfalls problemlos den Standplatz wechseln kann, um der Dauerlaberei zu entgehen. Im Büro ist das wesentlich schwieriger. Dort gibt es - so zumindest meine Erfahrung - Hardcore-Quatscher, die sich von nichts und niemandem aufhalten lassen. Ich kann noch so konzentriert auf meinen Monitor starren, noch so eifrig auf die Tastatur einprügeln und noch so einsilbig antworten, es hilft nichts.

Was interessiert es mich ob mein Kollege kürzlich das Problem hatte, dass er als Masseur einem Spieler vom Auflaufen abriet und vom Trainer überstimmt wurde. Weshalb muss ich wissen, dass mein frisch geschiedener Kollege endlich wieder in seinem Haus wohnen darf. Und was in aller Welt veranlasst meine Kollegin zu glauben, dass ich daran interessiert bin, dass ihr schmusebedürftiger Kater dafür verantwortlich ist, dass sie nicht aufstehen konnte und deshalb fast zu spät zur Arbeit gekommen wäre? Mir fällt kein Grund dafür ein. O.K., meine Arbeitskollegen haben offensichtlich das Bedürfnis sich mitzuteilen. Aber das ist doch noch keine ausreichende Rechtfertigung dafür, das ausgerechnet bei mir zu tun, oder? Eben!

Supermarkt, Fußballplatz, Büro. Das ist alles Kinderkram. Auch die an Überflüssigkeit kaum zu überbietenden Gespräche mit den Mitbewohnern unseres Mehrfamilienhauses, die sich wahlweise ums Wetter, den Lärm oder die Kehrwoche drehen, kann man noch einigermaßen überstehen ohne anhaltende Schäden befürchten zu müssen. Dramatisch, richtig dramatisch wird es erst bei größeren Feiern im Verwandten- und Freundeskreis. Beim 70. Geburtstag meines Vaters zum Beispiel.

Hier kommen mehrere Horrorfaktoren zusammen und verbinden sich zum Super-GAU. Zumindest für mich. Zunächst einmal bin ich eh nicht so der Feiermensch, was eingefleischten Lesern meines Gesamtwerkes nicht verborgen geblieben sein dürfte. Solcherlei Feiern sind mir besonders unangenehm weil man, dem gesellschaftlichen Druck ausgesetzt, nicht einfach gehen kann, wenn es einem gefällt. Ich muss also hingehen und ich darf nicht abhauen, wenn mein Gehörgang ob des nicht enden wollenden Geredes Platzangst bekommt.

Zu dieser denkbar ungünstigen Ausgangslage kommen zwei Faktoren, die mir von vorneherein jegliche Hoffnung auf einen angenehmen Abend nehmen. Und das sind Verwandte und Freunde (die meiner Eltern, nicht meine Freunde versteht sich). Oder anders ausgedrückt: Die anderen Gäste. Dabei kann man - das ist eventuell aus sozialwissenschaftlicher Sicht nicht ganz uninteressant - die Wirkung auf mich in eine indirekte und eine direkte unterteilen. Die meisten Verwandten gehen mir direkt auf die Nerven. Sie glauben mich zu kennen, weil sie mich alle fünf Jahre mal sehen und haben deshalb das Gefühl sich mit mir unterhalten zu müssen. Die Information, dass sie das keinesfalls MÜSSEN, kann ich leider nicht rüberbringen ohne dass es nach "Lasst mich in Ruhe!" klingt. Das wäre zwar die Wahrheit, könnte aber als unverschämt aufgefasst werden.

Schlimm ist an dieser Art Verwandten, dass sie mit Begeisterung alte Geschichten aufwärmen und mich fragen, ob ich mich noch daran erinnern kann. Es dürfte niemanden überraschen, dass das meist jene Geschichten sind, bei denen es einem leider nicht gelingt sie endlich zu vergessen. Die Panikattacke beispielsweise, die mich damals auf dem Heuschober befiel, weil ich mich nicht mehr traute herunterzuspringen. Die anderen Gäste am Tisch finden das natürlich total lustig und beginnen dann damit sich gegenseitig mit ähnlich lustigen Geschichten zu übertreffen. Und das finde ich nicht etwa aus Selbstmitleid oder Mitgefühl für die anderen Opfer unangenehm, sondern weil ich in diese Anekdotenschlacht mit einbezogen werde.

Eine indirekte Nervenbelastung zwingt mich zur Teilnahme am Geschehen ohne dass ich direkt angesprochen würde. Zum Beispiel wenn diese ebenso unvermeidbare wie unerträgliche Witzerunde losgeht. Dabei sieht der soziale Zwang vor, dass man sich zumindest bemüht ein freundliches Gesicht zu machen. Das ist aber gar nicht so einfach, wenn man sich meine Situation vor Augen führt. Ich bin an einer Veranstaltung, mit zu vielen Menschen, die mit mir interagieren wollen und ich will keine Witze hören. Und wenn ich schon da sein und Witze anhören soll, dann mögen diese doch bitte lustig sein. Und gut vorgetragen. Beides klappt fast nie. Inzwischen habe ich mir aber schon angewöhnt ein dankbares Lächeln zu zeigen, wenn wenigstens eines davon der Fall ist.

Dabei fällt mir ein besonders gutes Beispiel ein, wie man einen Witz schlecht vortragen kann. Aus Rücksicht auf die betreffende Person, lasse ich an dieser Stelle unerwähnt, um wen es sich handelt, ich hoffe meine Mutter weiß das zu schätzen. Der Witz ist ebenso einfach wie kurz und geht so:

Wie kommt ein Elefant vom Baum herunter? Er setzt sich auf ein Blatt und wartet auf den Herbst.

Ein oberschenkelbruchriskierender Schenkelklopfer, ein echter Brüller. Es sei denn, man erzählt ihn folgendermaßen, wobei man erwähnen sollte, dass immerhin drei Viertel des Witzes korrekt sind:

Wie kommt ein Elefant vom Baum herunter? Er setzt sich auf ein Blatt …

… und schwebt hinab.

Ein Kracher. Aber zurück zum Thema "Witze am 70. Geburtstag". Ein müder Kalauer folgt dem anzüglichen Herrenwitz und umgekehrt und trotz massiver Kopfschmerzen bin ich gezwungen meine Mundwinkel zu verzerren und zu hoffen, dass es wenigstens ein bisschen nach einem Lächeln aussieht. Mit ein wenig Konzentration gelingt es mir in solchen Fällen sogar häufig noch ein leichtes Nicken als Bestätigung der Begeisterung hinzubekommen. Dabei wäre die korrekte Bewegung eine in der Horizontalen, ein Kopfschütteln nämlich, das das Unverständnis darüber zum Ausdruck bringt, dass diesem Wahnsinn niemand ein Ende macht.

Wobei man ja vorsichtig sein muss, was man sich wünscht. Sitzt man nämlich da, umzingelt von Verwandten, die alte Geschichten aufwärmen, und wünscht sich, der Wahnsinn möge ein Ende haben, kommt es wahrscheinlich zu eben beschriebener Witzerunde. Und sitzt man dann da und bekommt die Gags nur so um die Ohren gedroschen und wünscht sich, der Wahnsinn möge ein Ende haben, dann folgt ziemlich sicher noch eine Aufführung (wahlweise eine furchtbare Gesangsdarbietung oder ein selbst verfasstes aber auf jegliches Versmaß verzichtendes Gedicht) oder - wegen der Gefahr zum Mitmachen genötigt zu werden, besonders erschreckend - die Mitmachaktionen.

Letztere sind meist gespielte Gags bei denen Statisten gesucht werden, die auf Kommando komische Geräusche oder Bewegungen machen müssen. Sie sind übrigens grundsätzlich die ideale Gelegenheit ausgiebig auf die Toilette zu gehen oder eine Zigarette zu rauchen, auch wenn mir unmittelbar nach Verlassen des Raumes einfällt, dass ich Nichtraucher bin.

Die vorangegangenen Zeilen belegen eindrücklich, dass ich keineswegs asoziale Tendenzen habe. Wenn ich im Laden die Dame hinter der Wursttheke bitte mir Salami zu geben, erwarte ich eine gewisse Kommunikation und bin durchaus bereit mich daran zu beteiligen. Auch wenn ich mein Zeitungsabo telefonisch kündige, erkenne ich den Sinn einer Unterhaltung. Ich bin also durchaus in der Lage soziales Verhalten anzubieten. Ansonsten aber möge man mir doch bitte meinen Frieden lassen.

Mir stinkt's

Es gibt Dinge zwischen Himmel und Erde, die wir armseligen Kreaturen, die wir uns als Krönung der Schöpfung bezeichnen, nicht erklären können. Warum ich ab sofort mit einem Koffer voller Klamotten herumfahre gehört nicht dazu. Warum der Mensch sein Heim mit Katzen teilt hingegen schon.

Aber vielleicht sollte ich am Anfang beginnen. Oder noch ein bisschen früher. Damals, wenn man so will. In einer anderen Geschichte hatte ich davon berichtet, dass ich mit dem Firmenhemd herausgeputzt auf dem Weg zur Arbeit war und mir dann einen großen Fettfleck einhandelte, weil ich mein Frikadellenbrötchen während der Fahrt gegessen hatte. Damals war ich der Einzige der Belegschaft, der NICHT im Firmenhemd am Tag der offenen Tür teilnahm. Clevere Leute reagieren auf solcherlei Vorfälle mit einem Sicherheitsbestand an Kleidung. Ich nicht.

Heute Morgen nun, fuhr ich wieder einmal beschwingt und gut gelaunt zur Arbeit. Aus dem Korb mit der frisch gebügelten Wäsche hatte ich mir zuvor ein Poloshirt genommen und angezogen. Einen Hauch Parfum und der Tag konnte kommen. Auf der Fahrt ins Büro begann die Klimaanlage allerdings mir die Laune ein bisschen zu trüben. Der Geruch der da aus den Lüftungsöffnungen kam war wirklich unangenehm. Und dabei war das Ding noch nicht mal eingeschaltet. Schon seit Tagen nicht mehr.

Sei's drum, der Arbeitsweg war nicht so lange und ich hatte einfach das Fenster ein wenig geöffnet. Was sind schon ein paar Liter Regenwasser im Auto, wenn einem dafür der Gestank nicht mehr die Sicht vernebelt? Eben.

Im Büro angekommen stürzte ich mich voller Elan in die Arbeit, nahm aber nach kurzer Zeit wieder diesen Geruch war. Hm, dann war's wohl doch nicht die Klimaanlage. Hatte ich das mit dem Wasser schon erwähnt? Die Überflutung bewertete ich im Lichte der neuen Erkenntnis geringfügig weniger akzeptabel. Aber daran war eh nichts mehr zu ändern und so machte ich mich daran, meine Schuhe zu untersuchen. Ein Tritt in eine Haustierhinterlassenschaft auf der Straße kann bekanntermaßen ebenfalls zu unerwarteter Geruchsbelastung führen.

Bedauerlicherweise waren meine Schuhe aber sauber. Also zumindest fäkalienfrei. Das war deshalb bedauerlich, weil das Geruchsproblem nicht geortet war und sich somit seiner Beseitigung entzog. Es galt also weitere Möglichkeiten zu prüfen. Ein Geruchstest an der rechten Schulter brachte keine außergewöhnlichen Resultate. Der Geruchstest an der linken Schulter … PUUHHÄHHH! Sofort zog ich meine Sweatshirtjacke aus und kroch zur Tür um meine gereizte Nasenschleimhaut mit etwas frischer Luft zu beruhigen.

Nachdem ich wieder ohne Magenkrämpfe gehen konnte, ging ich zurück an meinen Schreibtisch und begann mit der Arbeit. Kennt Ihr das Phänomen von Phantomgeräuschen? Ihr liegt nachts wach, weil die fiese Mücke sich nicht einfach setzt, sticht und trinkt bis sie platzt, sondern versucht möglichst lange um Euer Ohr herumzufliegen. Damit aber nicht genug, wenn das Vieh dann endlich Ruhe gibt, wartet man die ganze Zeit auf das Wiederauftauchen des nervenaufreibenden Summens und hört es dann auch. Oder glaubt es zu hören. Phantomgeräusche eben. Das gibt es auch bei Gerüchen. Denn obwohl ich die Jacke ausgezogen und ob des furchtbaren Geruchs der Sondermüllbeseitigung zugeführt hatte, meinte meine Nase noch immer etwas vom Geruch wahrzunehmen.

Ein kurzer Riechtest an der linken Schulter offenbarte dann das ganze Ausmaß der Katastrophe. Oder anders formuliert: Nochmal PUUHHÄHHH! Es war das Poloshirt. Offensichtlich muss eine unserer Katzen den Korb mit frisch gebügelter Wäsche mit dem Katzenklo verwechselt haben.

Der Versuch, mit ein wenig Wasser des Problems Herr zu werden misslang. Kläglich. Man kennt das ja. Wenn man beim Händewaschen unachtsam ist und Wasser auf die Hose spritz, wirkt das etwas seltsam wenn man aus der Toilette kommt und die entsprechenden Kommentare lassen nicht lange auf sich warten. Man kann sich vorstellen, welche Sprüche fallen, wenn man einen großen nassen Fleck auf der Schulter hat. Unter dem Gespött der Kollegen kehrte ich also wieder zurück zu meinem Schreibtisch.

Während ich noch mit dem Gedanken spielte, im Supermarkt ein Deo oder einen WC-Stein zu kaufen, fiel mein Blick auf einen kleinen, automatschen Duftspender, der aufgestellt worden war, weil einer unserer Kollegen eine defekte Klimaanlage perfekt imitieren konnte. Dieser Duftspender stößt im Abstand von etwa 30 Minuten eine Wolke frischen Dufts einer Wiesenlandschaft aus und schafft so ein angenehmes Raumklima. Das ist nicht ganz die Wahrheit, aber lieber der chemische Duft nach genmanipulierten Plastikblumen als den der von meiner linken Schulter ausstrahlte.

Nachdem die anderen Kollegen aber damit begannen, Gasmasken aus dem Schutzraum zu holen, dämmerte mir, dass es wohl zu viel des Guten war, die Frequenz der Duftstöße auf 1 pro Minute zu erhöhen. Es musste also eine andere Lösung her. Diese ergab sich in Form eines übriggebliebenen Firmen-T-Shirts. Das war nicht etwa liegen geblieben, weil es hässlich oder kaputt war. Nein, es sieht gut aus und war original verpackt. Die Größe war das Problem. Wir hatten niemand der XXXL benötigt. Nicht einmal ich brauchte so viel Xe.

Aber in der Not frisst der Teufel XXXL-Fliegen (oder so ähnlich). Fassen wir also zusammen: Zehn Liter Regenwasser im Auto (unnötig), eine vernichtete Sweatshirtjacke (unnötig), eine leere Duftkartusche (bedingt nötig) und ein ruiniertes Poloshirt.

Damit ist erklärt, weshalb ich ab heute auf keinen Fall mehr ohne Reserveklamotten aus dem Haus gehe. Und es wirft eben wieder einmal die Frage auf, warum in aller Welt Katzen mit uns im Haus wohnen müssen.

Wink des Schicksals?

Es gibt Dinge, die brauche ich wie ein Loch im Kopf. Oder gar nicht. Einen Wink des Schicksals beispielsweise, wobei es sich - wenn es denn einer war - weniger um einen Wink als um wildes Herumgewedel handelte. Übertragen auf den Ausdruck "Wink mit dem Zaunpfahl" wäre der Wurf mit der Berliner Mauer eine passende Beschreibung. Aber ich fange mal ganz von vorne an.

Also nicht bei den Anfängen des Planeten oder der Menschheit, sondern in die Endphase meiner Jugendzeit. Damals begab es sich nämlich, dass meine Eltern endlich das lang ersehnte Häuschen erwarben und wir mit vereinten Anstrengungen ein schönes Haus mit Raum für die ganze Familie machten. Klingt fast schon romantisch, oder? War es vermutlich auch. Damals hatte ich aber nun wirklich andere Dinge im Kopf als Schubkarren mit Zement durch die Baustelle zu fahren, damit der Balkon verbreitert werden kann oder Tonnen von Bauschutt entweder nach oben in den Container oder als Füllmaterial für eine Hangbegradigung nach unten in den Garten zu tragen.

Sei's drum, aus einem kleinen Häuschen wurde durch ein paar Handgriffe ein Einfamilienhaus mit Dachwohnung. Letzteres war dann auch für ein paar Jahre mein Domizil. Im winzigen Bad gab es auch Platz für eine Waschmaschine. Total super, alles hat einwandfrei funktioniert.

Aufgrund von Ereignissen, die jenseits meiner Kontrolle liegen, hat es sich ergeben, dass ich kürzlich wieder zu meinen Anfängen zurückgekehrt bin und mich übergangsweise wieder bei meinen Eltern einquartiert habe. Wie man aus den sechs Zimmern plus Dachboden plus Keller plus Garage und plus Geräteschuppen, die ich zwischenzeitlich bewohnt hatte, in eine Einzimmerwohnung zieht, ist eine andere Geschichte und würde den Rahmen dieser kleinen Erzählung sprengen. Es ist aber schon erstaunlich (erschreckend wäre vermutlich der bessere Ausdruck), was sich so alles ansammelt. Ich glaube ich habe drei volle Plastiktüten mit Kabeln zum Recyclinghof gebracht. Und trotzdem noch ziemlich viele, von denen ich mich einfach nicht trennen kann.

Wie dem auch sei, jetzt wohne ich wieder hier und habe auch wieder das winzige Bad mit dem Platz für die Waschmaschine. Zunächst stand die Maschine einfach nur da, weil einerseits meine Mutter schneller war und den Wäschekorb schon leerte, bevor er durch geschicktes Komprimieren mehr als das zu erwartende Volumen fasste und andererseits, weil ich eh selten zu Hause war. Vorige Woche habe ich sie dann aber endlich in Betrieb genommen und bin dabei auf ein Problem technischer Natur gestoßen. Mangels separatem Ablauf galt es den Abwasserschlauch der Maschine so am Waschbecken zu befestigen, dass das Wasser beim Abpumpen nicht auf der anderen Seite wieder nach oben schoss und der Schlauch durch den Rückstoß auch nicht aus dem Waschbecken gedrückt wurde.

Unter normalen Umständen hätte ich natürlich eine einwandfreie Lösung gefunden, die in unnachahmlicher Weise handwerkliches Geschick mit überraschender Eleganz verbindet. Aber ich hatte oben ja schon mal mein Platzproblem angerissen und so war mir der Zugang zu meiner Ausrüstung verwehrt, wollte ich nicht den halben Tag damit verbringen unzählige Kisten zu öffnen. Also öffnete ich die Krimskrams-Schublade meines Schreibtisches und spielte ein wenig McGyver. Aus einem Karabinerhaken, ein paar Schlüsselringen und einem Klettband zum bündeln von Kabeln bastelte ich eine Sicherung für den Waschmaschinenschlauch. Und sieht man einmal von den optischen Unzulänglichkeiten der Konstruktion ab, habe ich auch mit begrenzten Mitteln eine ziemlich elegante Lösung gefunden, die sogar funktionierte. Ausserdem ließ sie sich unauffällig unter dem Waschbecken auf dem Unterschrank deponieren, wenn die Waschmaschine nicht in Gebrauch war.

Damit tauchen wir aus der Vergangenheit auf und befinden uns in der Gegenwart. Ja, Entschuldigung, es ist die unmittelbare Vergangenheit, in der Gegenwart schreibe ich ja gerade diese Zeilen. Obwohl, wenn Du diese Geschichte liest, ist meine Gegenwart ja auch nicht mehr Gegenwart sondern schon wieder Vergangenheit. Hm, kompliziert. Egal, es war auf jeden Fall einer der Tage, an denen ich erst am frühen Abend einen Termin hatte. Ich konnte also bar jeder Störung durch schnurrende Katzen, Kindern die zu Freunden gefahren werden müssen oder gar Arbeit den Tag verbringen wie es mir gerade einfiel. Schon am Vorabend war mir dazu eingefallen, dass ich ausschlafen und danach ausgiebig Trackmania fahren würde.

Das hat auch wunderbar geklappt. Bis nach dem Ausschlafen. Der Blick aus dem Fenster offenbarte nämlich, dass es geschneit hatte. Ich mag den Winter nicht, wie ich sicher schon mal an anderer Stelle erwähnt habe. Der oben angesprochene Termin ist ein Arbeitsdienst am Stand unseres Fußballvereins bei einem Nikolausmarkt. Wenn man solche Märkte mag, ist Schnee natürlich eine tolle Sache, ich mag aber weder Schnee noch Nikolausmärkte. Aber gut, daran kann man nichts ändern, ich wollte ja in Ruhe Trackmania spielen und das geht auch bei Schnee. In meiner Entspannung erkannte ich auch die Notwendigkeit mal wieder zu waschen. Da ich eh auf dem Weg ins Bad war, nahm ich also meine Wäsche mit und startete den Waschvorgang. Ich wusch mir dann das Gesicht, putzte mir die Zähne und ging dann zurück ins Zimmer. Nach einem Blick ins Forum und einigen gelesenen Beiträgen hatte ich Durst und wollte mir eine Cola aus dem Kühlschrank holen. Ich öffnete die Tür und ...

... sah eine große Pfütze mitten in der Küche, zwischen der Zimmertüre und der Türe zum Bad. Ich brauchte ein paar Sekunden, bis ich verstand, was meine Augen da ans Gehirn meldeten. Dann hastete ich ins Bad und nahm meine Schlauchsicherungskonstruktion vom Unterschrank und befestigte sie so, dass das Wasser nicht mehr in den Unterschrank, der übrigens nicht wasserdicht ist, sondern wie ursprünglich gedacht ins Waschbecken gepumpt wurde. Die folgende Stunde verbrachte ich damit, das Bad und die Küche trocken zu legen. Wie gesagt, ich wollte eigentlich Trackmania spielen.

Ich finde es maßlos übertrieben vom Schicksal, so einen Aufwand zu treiben, nur um mir zu signalisieren, dass ich den Badezimmerboden mal wieder nass aufwischen sollte.

Nachtschlitteln

Ich lasse normalerweise nie eine Gelegenheit aus zu betonen, wie aktiv mein Leben doch ist und dass ich manchmal gar nicht weiß, was ich nun am Wochenende tun soll, weil ich so viele tolle Ideen habe. Hauptsache raus und etwas unternehmen. Ebenso häufig muss ich im Folgesatz dann aber auch zugeben, dass das erstunken und erlogen ist. Ich bin nämlich eher von der trägen Sorte. Kürzlich las ich einen Spruch im Internet, der meine Einstellung recht gut wiedergibt.

"Ich liebe diese Sonntagsspaziergänge. Ich bin auf dem Weg ins Wohnzimmer schon am Bad und dem Kühlschrank vorbeigekommen. Und das Wetter spielt auch mit."

Mein Schatz hingegen wird unruhig, wenn sie zu lange in der Bude hockt und sieht sich durch einen Sohn der an der Spielkonsole klebt und eine Tochter, die ununterbrochen aufs Handy starrt darin bestärkt, dass Bewegung an der frischen Luft Not tut. Und so ersinnt sie immer wieder Freizeitaktivitäten, bei denen ich nicht ganz sicher bin, ob es wirklich um Freizeitgestaltung geht oder ob ich vielleicht doch etwas verbrochen hatte und bestraft werden müsse. An anderer Stelle habe ich schon mal von den angeblichen Spaziergängen berichtet, die gefühlte Expeditionen waren.

Am vergangenen Wochenende sollte es "Nachtschlitteln" sein, also Schlittenfahren bei Nacht. Ich war natürlich auf Anhieb begeistert, schließlich hatte mir Schlittenfahren schon in meiner Jugend riesigen Spaß gemacht. Sieben Kilometer Strecke, nach der letzten Bergfahrt Käsefondue im urig gemütlichen Berggasthof und schließlich noch eine letzte Abfahrt bevor es dann nach Hause geht. Das klingt doch super.

Und weil das vermutlich auch noch ganz viele andere Leute dachten, drängte ich auf einen frühen Aufbruch, um nicht wertvolle Zeit in der Schlange am Lift zu verschwenden. Wir waren also um 17:30 am Lift und mussten dann eine halbe Stunde warten bis endlich mal jemand auftauchte um unsere aufkeimenden Zweifel, ob das Nachtschlitteln überhaupt stattfindet, zu zerstreuen. Die anderen Schlittenfahrer hatten diese Zweifel nicht zerstreuen können, es waren nämlich keine da.

Aber das tat meiner Begeisterung natürlich keinen Abbruch, je weniger Leute unterwegs sein würden, desto weniger Rücksicht würde ich auf die Weicheier nehmen müssen, die vor lauter Angst, in den Schnee zu fallen permanent bremsten oder gar mitten auf der Strecke ein Päuschen einlegen mussten. Dass allerdings eben doch nicht alles ganz so sein würde wie früher, bemerkte ich auf der ersten Bergfahrt.

Früher war Kälte kein Thema. Normale Klamotten und eine etwas dickere Jacke, mehr brauchten wir nicht. Da wir den Schlitten immer wieder den kleinen Hang hochziehen mussten, wurde uns so schnell nicht kalt. Und wenn die Hosen dann so nass waren, dass es doch noch begann kalt zu werden, dann ging man eben nach Hause, wo es schön warm war. Nun bin ich ja nicht sooo der Wintersportler und deshalb beschränkt sich meine diesbezügliche Ausrüstung auf ein paar gefütterte und wasserdichte Stiefel. Die anderen waren alle in perfekter Skiausrüstung unterwegs, was mir nur ein müdes Lächeln entlockte.

Ein Lächeln, das mir allerdings auf der etwa 20 minütigen Bergfahrt bei eisigem Wind und leichtem Schneefall im wahrsten Sinne des Wortes auf den Lippen gefror. Und da so ein eingefrorenes Lächeln bei Minusgraden nicht so schnell wieder auftaut, blieb mir nichts anderes übrig als gute Miene zum schlechten Spiel zu machen und mir den bevorstehenden Gefrierbrand nicht anmerken zu lassen. Weil ich aber - endlich oben angekommen - bereits am ganzen Körper zitterte, gab ich vor, meine Glieder etwas auszuschütteln und zu dehnen, um gut auf die sportliche Aufgabe vorbereitet zu sein.

Und dann war es so weit, da stand ich nun oben auf dem Berg, mit erhobenem Kopf, die Erhabenheit der nächtlichen Landschaft in mich aufsaugend, und ließ die Lichter des Dorfes Tausende von Metern unter mir auf mich wirken. Gerade wollte ich ein ermunterndes "Folgt mir!" ausrufen, als ich vom Gelächter und Gejauchze meiner Familie überrascht wurde, die bereits fast um die erste Kurve verschwunden war.

Banausen, aber sollten sie ruhig ihre Momente des Triumphes genießen, sie würden in wenigen Sekunden mit offenen Mündern staunen, wie ich an ihnen vorbei gleite, mit hohem Tempo aber dennoch elegant, wie es nur wenigen Schlittenfahrern gegeben ist. Also richtete ich meinen Schlitten aus, setzte mich, hob die Füße vom Boden und … rührte mich nicht vom Fleck. Seltsam. Nach drei, vier Versuchen durch ruckelnde Bewegungen den Schlitten doch noch in Bewegung zu setzen erinnerte ich mich daran, dass ich früher nie auf den Gedanken gekommen wäre, mich einfach auf den Schlitten zu setzen. Nein, fiel mir dann wieder ein, mit dem Kopf nach vorne auf dem Bauch liegend, so fährt man Schlitten.

Und damit das auch gleich richtig mit Geschwindigkeit losgeht, nimmt man zwei, drei Schritte Anlauf und wirft sich dann auf den Schlitten und die Höllenfahrt konnte beginnen. Oder auch nicht. Dann nämlich, wenn man nicht mehr zehn Jahre alt und entsprechend leicht ist und vor allem dann, wenn der Reibungswiderstand zwischen Kufen und Schnee wesentlich höher ist als derjenige zwischen Schlitten und Winterjacke. Und so rutschte ich über den Schlitten und machte einen Kopfsprung auf die Piste.

Mit einem Anflug von Frustration wischte ich mir den Schnee aus dem Gesicht, zog den Schlitten an einen etwas steileren Teil der Strecke und legte mich dieses Mal äußerst vorsichtig darauf. Und siehe da, es klappte. Es klappte sogar sehr gut. So gut, dass ich schnell Tempo aufnahm und meine Aufholjagd beginnen konnte. Und ich hätte meine Lieben auch trotz der anfänglichen Schwierigkeiten locker eingeholt, wenn ich hätte weiter geradeaus fahren können. Meine Versuche, mit den Füßen die Fahrtrichtung zu beeinflussen scheiterten aber kläglich und so nahm mein Gesicht an der ersten Kurve erneut Kontakt mit dem Schnee auf.

Wäre ich die Hauptfigur eines Comics, hätte der Zeichner nun vermutlich eine kleine Wolke über meinen Kopf gezeichnet. Eine dunkle Wolke. Mit einem kleinen Blitz. Mit einer leicht angespannten Gemütsverfassung setzte ich mich also wieder rittlings auf den Schlitten und begann mit der Abfahrt. Erfreulicherweise gelang es mir in der Folge doch noch recht gut, den Schlitten durch die zahlreichen Kurven zu steuern. Umso genervter war ich dann aber natürlich, als ich weiter vorne in der Dunkelheit einen Schatten auf der Bahn sah und abbremsen musste.

Typisch, dachte ich mir. Diese Anfänger. Sollten sie doch zu Hause bleiben, wenn sie keine Ahnung vom Schlittenfahren haben. Als ich erkannte, dass ich problemlos passieren können würde, legte ich mir eine passende Bemerkung zurecht, die ich dem Verkehrshindernis in der Vorbeifahrt zuwerfen wollte. Doch bevor ich "Na, Reifenpanne?" oder "Benzin alle?" sagen konnte, vernahm ich eine wohlbekannte Stimme, die mit leicht genervtem Unterton fragte "Na, ne Abkürzung genommen?".

Mein Schatz hatte sich so langsam Sorgen um mich gemacht und auf halber Strecke auf mich gewartet. Als wir gemeinsam den Rest der Strecke ins Tal fuhren tauschten wir auch einmal die Schlitten und siehe da. Ich hatte doch tatsächlich einen Fehlgriff gemacht. Auch meine Frau tat sich mit dem Ding schwer und so beschlossen wir, den Schlitten ins Auto zu bringen, sobald wir unten am Lift angekommen waren.

Nun hatte meine Abfahrt natürlich etwas länger gedauert als die der Kinder, aber meine Sorge, dass sie wegen der Warterei schon fast erfroren seien, erwies sich als unbegründet. Sie hatten sich mit dem Bau eines Vier-Zimmer-Iglus ausreichend warm gehalten. Das hätte ich übrigens auch gerne, aber die erneute Bergfahrt gestaltete sich noch unangenehmer als die erste, weil nun langsam die Feuchtigkeit die Hosenbeine hinauf kroch.

Bei der zweiten Abfahrt teilten sich die Kinder dann einen Schlitten und ich erhielt endlich ein taugliches Sportgerät. Einen Schlitten, der beste Gleiteigenschaften aufwies und damit endlich eine meinen Ansprüchen genügende Abfahrt ermöglichte. Die Gleiteigenschaften waren sehr gut. Ungefähr so gut wie die einer am Boden liegenden Bananenschale. Zumindest kam mir dieser Vergleich in den Sinn, als ich kurz vor dem Start zu Abfahrt zwei versehentlich auf eine der Kufen trat.

Die glitt geschmeidig nach vorne und dies auch noch so schnell, dass sich mein Fuß der Bewegung anschloss und mich mit einem Ruck umwarf. Wäre ich - wie vorhin schon erwähnt - in einem Comic, so hätte der Zeichner mich in einem Bild waagrecht in der Luft hängend gezeichnet. Dieses Gefühl hatte ich nämlich kurz bevor ich dann auf dem Rücken lag.

Als ich dann meinen Schlitten wieder aus dem Unterholz gefischt hatte und zurück auf die Strecke geklettert war, meinte ich schon wieder ein leises Grollen zu hören. Vermutlich aus der Wolke über meinem Kopf. Die mit dem kleinen Blitz.

Die zweite Abfahrt verlief fast ohne Probleme und dank des besseren Schlittens konnte ich meiner Familie auch folgen. Allerdings machte sich nun langsam meine indiskutable körperliche Verfassung bemerkbar. Es fiel mir zunehmend schwerer die Beine immer wieder vom Boden abzuheben, um Fahrt aufzunehmen. Und plötzlich fiel mir auch auf, dass mein Übergewicht vermutlich eng mit der Wölbung meines Bauches zusammenhängt, die sitzhaltungsbedingt schwer auf meine Gürtelschnalle drückte. Und so fühlte ich mich mit jedem Meter unbehaglicher auf dem Schlitten und war dann froh, endlich wieder unten zu sein und auf der erneuten Bergfahrt Beine und Bauch entspannen zu können.

Die urige Berghütte entpuppte sich dann als ein Selbstbedienungsladen mit dem Neonlicht-Charme eines Wartesaales in einem abgelegenen Bahnhof. Das Käsefondue glich eher einer Suppe und war natürlich nicht mit dem Original meiner Frau vergleichbar, aber man konnte es essen und nachdem ich ja nun wirklich schon viel geleistet hatte, nutzte ich die Gelegenheit aus, meine Kalorienbilanz wieder in den üblichen Bereich zu bringen. Vielleicht hätte ich ja auf die mahnenden Blicke meines Lieblings reagiert und etwas früher mit dem Essen aufgehört, aber nachdem sich unser Mädel erst für Käsefondue gemeldet hatte, dann aber doch lieber ihrem Bruder die Chicken Nuggets wegaß, blieb Ihr Suppenanteil übrig. Und hallo, das Essen war viel zu teuer, um auch nur den kleinsten Rest zurückgehen zu lassen.

Außerdem hatte ich dann den perfekten Vorwand, um mich vor der letzten Abfahrt zu drücken. Mit vollem Bauch fährt es sich nämlich nicht so gut, wie man weiß. Schade nur, dass der Lift seinen Betrieb bereits eingestellt und ich damit genau zwei Möglichkeiten hatte. 7 km wandern oder 7 km mit dem Schlitten fahren. Na prima. Also setzte ich mich mit der Eleganz eines schwangeren Elefanten auf meinen Schlitten, erhob mich dann wieder, um eine Stelle zu suchen, an dem die Hangabtriebskraft eine Chance hatte, den Schlitten samt Fahrer in Bewegung zu setzen und begann die letzte Abfahrt.

Ich sprach schon vom unbequemen Sitzen, vom Kampf Bauch gegen Hosenbund und von schwächelnden Beinen. Das erlebte ich nun wieder. Nur zusätzlich mit einem gefühlten Kilo Käse und einem halben Liter Cola im Magen. Es war die Hölle. Meine Oberschenkel brannten, ich fand keine auch nur annähernd bequeme Sitzposition und die Abfahrt - inzwischen garniert durch leichten Schneefall - schien kein Ende zu nehmen. Der Rest der Familie hatte indes viel Spaß und deren fröhliches Gelächter erreichte mich durch das Rauschen in meinen Ohren nur noch stark verzerrt und klang eher hämisch.

Zu Hause angekommen schleppte ich mich in die Dusche und danach ins Bett wo ich sofort einschlief. Und am nächsten Morgen war wieder alles gut. Bis auf den furchtbaren Muskelkater natürlich, der mich noch mehrere Tage an dieses tolle Erlebnis erinnerte.

Heute stieß ich beim Ausmisten meiner Ordner auf einen Text, von dem ich nicht wusste, dass er noch existierte. Die Geschichte stammt aus dem Jahr 1991 und wurde ursprünglich auf einem Atari 1040ST geschrieben und einem Neun-Nadel-Drucker auf Endlospapier ausgedruckt.

Der Anfang

Das platte Gesicht des Monitors starrt mich an und scheint mich auszulachen. So als ob es sagen wollte, dass mir ohnehin nichts einfallen würde, was ich unter dem Dateinamen "Story.001" hätte abspeichern können. Der Cursor steht demonstrativ bewegungslos in der linken oberen Ecke und zeigt mir, und dabei meine ich fast ein hämisches Grinsen zu erkennen, wo ich beginnen würde, sollte der Monitor mit seiner unausgesprochenen Prognose wider Erwarten falsch liegen. Der Mauspfeil hängt an der Seite des Fensters und tut, als ginge ihn das alles nichts an. Berühre ich zufällig das Kabel der Maus, taucht er auf, um beim nächsten Buchstaben, den ich tippe, wieder zu verschwinden.

Auf dem Monitor steht eine Taucherschildkröte aus Plastik, die ich aus einem Überraschungsei habe. Sie hat eine Taucherbrille auf und die Hände vor der Brust flach zusammengelegt, als wolle sie gleich ins kühle Nass springen. Ich glaube allerdings nicht, dass sie es tun wird. Schließlich ist es äußerst unwahrscheinlich, dass meine Tastatur ein gutes Tauchrevier abgibt. Aber sicherheitshalber schiebe ich sie ein wenig vom Rand des Monitors weg. Man weiß ja nie!

Das Glas Cola, das neben mir steht sieht nicht aus, als wolle es irgendwohin springen. Irgendwie verständlich, es hat ja nicht einmal eine Taucherbrille. Abgesehen davon wäre ein springendes Glas vermutlich eine Erfindung, die kaum mit Begeisterung aufgenommen würde. Der Trend geht zwar zur Erlebnisgastronomie, aber Gäste, die springenden Gläsern hinterher jagen dürften damit wohl kaum gemeint sein. Grundsätzlich wäre es natürlich denkbar, dass der Umsatz stiege, weil das Getränk vermutlich zum großen Teil verschüttet würde und dadurch zusätzliche Bestellungen generiert würden. Zumal die Jagd ja vermutlich durstig macht. Trotzdem, ich glaube nicht, dass es eine gute Idee wäre.

Das Einzige, was sich hier im Zimmer bewegt, außer mir und dem Curser versteht sich, ist die Kassette in meinem Rekorder. Auch ein übler Job, wenn ich es mir recht überlege. Immer wieder dieselben Songs abzuspielen muss auf die Dauer auch langweilig sein. Vielleicht ist die abnehmende Tonqualität Ausdruck dieser Langeweile. Das gäbe dem Ausdruck "ich kann's nicht mehr hören" eine fast schon philosophische Tiefe.

Der Rekorder hat es da schon besser. Er beherbergt immer mal wieder ein anderes Band und hat so eine gewisse Abwechslung. Selbst der CD geht es besser, weil Ihr hin und wieder die Titel in zufälliger Reihenfolge abverlangt werden. Aber vielleicht sehe ich das ganz falsch. Vielleicht geht die Kassette geradezu in ihrer Beschäftigung auf, indem sie die ihr anvertrauten Musikstücke immer in gleicher Reihenfolge aufbewahrt und dem Hörer somit ein verlässlicher Partner ist.

Bislang konnte ich allerdings weder für die eine noch die andere Theorie einen Anhaltspunkt finden. Und die Kassette selbst spielt penetrant die Lieder ab und gibt ansonsten, von einem Rauschen hier und da, keinen Ton von sich.

Der Monitor hat seinen Gesichtsausdruck kaum verändert. Abgesehen von den Buchstaben, die sich wie Sommersprossen darauf verteilt haben. Irgendwie ohne Sinn und Ordnung. Allerdings konnte sich der Cursor nicht oben in der Ecke halten. Je nachdem wie schnell ich die gesuchten Buchstaben finde verweilt er eine kurze Zeit oder hastet wie ein Irrer die Zeile entlang, um dann wieder zurückzuspringen, um die Tippfehler auszumerzen.

Cursor ist ebenfalls ein fragwürdiger Job. Aus meiner Sicht. Aber möglicherweise geht es dem Cursor ebenso wie der Kassette. Da halten wir Menschen uns für so schlau und haben in Wirklichkeit keine Ahnung davon, was um uns herum so passiert.

Die Lampe, die sich hinter dem Monitor an den Fenstergriff klammert, würdigt mich keines Blickes. Sie starrt gelangweilt auf den sich unter ihr räkelnden Terminkalender und hat sonst nichts zu tun. Dafür kann ich nun aber wirklich nichts. Es ist später Vormittag und passenderweise taghell. Warum also sollte ich die Lampe anmachen. Dieser miese kleine Klemmspot hat nicht den geringsten Grund, sich von mir abzuwenden und zu schmollen. Aber nicht mit mir. Heute Abend werde ich jeden Leuchtkörper im Haus mit Freuden einschalten und nur die beleidigte Leberwurst ignorieren.

Da ist mir mein Rechner viel lieber. Er steht ruhig und entspannt vor mir auf dem Tisch, regt sich nicht künstlich auf und macht vor allem nicht so ein Gesicht wie der Monitor. Vielmehr bedankt er sich mit einem kleinen Licht in der linken unteren Ecke, wenn ich den Power-Schalter betätigte. Und wenn ich etwas auf der Diskette speichern will, leuchtet vor lauter Freude noch ein zweites.

Ein schönes Gefühl, wenn man an der Freude anderer so offen teilhaben kann. Da ist man sogar versucht, die wenig konstruktive Einstellung des Bildschirmes und das depressive Getue der Lampe zu verzeihen. Im Grunde sind wir doch alle Freunde. Und so wie ich, haben auch meine Geräte hin und wieder mal einen schlechten Tag.

Nun, das war jetzt ja nicht unbedingt eine tolle Geschichte, selbst für ein Erstlingswerk. Aber abspeichern werde ich sie trotzdem. Und sei es nur um dem Monitor eins auszuwischen und dem Rechner eine Freude zu machen.

Praxis Dr. chmul

Der folgende Teil dieses Buches ist ein wenig speziell. Es geht um Mitglieder eines Onlineforums, die auf verschiedenen Ebenen miteinander in Verbindung stehen/standen. Wer damals nicht dabei war, kann verschieden Andeutungen und beschriebene Eigenarten nicht verstehen. Es kann deshalb durchaus sein, dass man nicht nachvollziehen kann, was daran lustig sein soll. Aber was gibt es schon zu verlieren? Einfach mal loslesen und sehen was passiert.

Dr. chmul ist eine Kunstfigur, die im Supernature-Forum entstand. Wie genau es dazu kam, weiß ich nicht mehr, aber das spielt ja auch keine Rolle. Eine wichtige Rolle dabei spielte hingegen der Ego-Shooter Unreal Tournament (kurz UT), ein so genanntes Ballerspiel. Ähnlich dem beliebten Völkerball geht es darum, den Gegner zu treffen, nur viel brutaler und realistischer und mit Waffen. Und überhaupt ist UT für alles Übel der Welt verantwortlich. Mit Ausnahme des Ozonloches und der Überfischung der Weltmeere, soweit ich weiß.

Aber ich schweife ab. Aus diesem Spiel und meiner Aktivität im Forum ergab sich die Figur Dr. chmul. Er hat eine Praxis und empfängt dort Patienten, meist Mitspieler auf den UT-Servern, deren Probleme mit UT zu tun haben.

Die meisten seiner Behandlungsprotokolle habe ich in meinem ersten Buch schon veröffentlicht. Unverzeihlicher Weise habe ich dabei aber einige wichtige Patienten vergessen.

Dr. chmul vs. [SNC]witch

Eine der wenigen Damen, die sich auf unseren Servern vergnügte, war [SNC]witch, deren Forenname hexxxlein lautet. Im Spiel nennt man das Abschießen des Gegners "fraggen". Je mehr sich ein Ziel bewegt, desto schwieriger ist es einen Treffer zu landen. Gute Spieler sind deshalb viel in Bewegung. In UT kann man rennen und springen. Kombiniert man beides, hopst die Figur wie ein Flummi durch die Gegend. Das will aber geübt sein und hexxxlein hatte Mühe damit:

Lassen Sie mich durch, ich bin Arzt!

Dr. chmul : Aber halllllooo! Setzen Sie sich! Oder nein, machen Sie sich besser frei und legen Sie sich schon mal hin!

[SNC]witch: WIE BITTE?

Dr. chmul: Ich sagte: Ich bin so frei und setze mich schon mal hin.

[SNC]witch: Ich kann mich nicht setzen.

Dr. chmul: Warum nicht?

[SNC]witch: Weil genau *das* das Problem ist.

Dr. chmul: Ach, Sie haben ein Problem?

[SNC]witch: Wäre ich sonst hier?

Dr. chmul: Sagen Sie's mir, Sie sind der Patient!

[SNC]witch: PatientIN

Dr. chmul: Na schön, sie sind der PatientIN. Klingt aber auch komisch, oder?

[SNC]witch: Herr Doktor ...

Dr. chmul: Meine Freunde dürfen mich chmul nennen.

[SNC]witch: Na und? Ich ...

Dr. chmul: Wollen Sie mein Freund sein?

[SNC]witch: Ähh, was? Nein, ich äh, aargh. Um noch mal auf mein Problem ...

Dr. chmul: Keiner versteht mich ...

[SNC]witch: Ich verstehe Sie, Sie sprechen doch deutlich genug.

Dr. chmul: asjdnfqa afsdu e+#+efnewf cdafh!

[SNC]witch: Wie bitte?

Dr. chmul: Sehen Sie?

[SNC]witch: Wie, sehen Sie? Machen wir jetzt einen auf Augenarzt?

Dr. chmul: Nein, ich meine, Sie verstehen mich auch nicht.

[SNC]witch: Egal, ich bin wegen *meines* Problems hier und ich möchte …

Dr. chmul: … mein Freund sein?

[SNC]witch : NEIN! Ein für alle Mal NEIN. ICH Patient, DU Arzt.

Dr. chmul: Wenn Sie nicht mein Freund sein wollen, dürfen Sie mich auch nicht duzen!

[SNC]witch: Soll mir recht sein. Ich suche mir meine Freunde selbst aus.

Dr. chmul: Is ja gut, is ja gut, wenn Sie irgendwann mal fertig sind mit Ihren weibischen Beziehungsgeschichten, können wir uns vielleicht mal um Ihr Problem kümmern.

[SNC]witch : Hmpf!

Dr. chmul: Und hören Sie endlich auf dauernd rum zu hopsen!

[SNC]witch: Kann ich doch nicht, das ist mein Problem.

Dr. chmul: Dann hätten Sie vielleicht bei der Pille bleiben sollen ...

[SNC]witch: Oa nee, das hat nix mit Empfängnisverhütung zu tun, sondern mit UT!

Dr. chmul: Oa nee, schon wieder.

[SNC]witch: Was soll denn das schon wieder heißen?

Dr. chmul: Was das heißen soll? Es kommen nur noch UT-Geschädigte. Bin ich der UT-Boardpsychiater, oder was?

[SNC]witch: Ja, genau das sind Sie!

Dr. chmul: Ah, ach so, nun, ääh na dann könnte ich mich ja mit Ihrem Problem befassen.

[SNC]witch: Deswegen bin ich hier!

Dr. chmul: Gute Entscheidung. Es geht also um die Rumhüpferei.

[SNC]witch: Ja, das musste ich mir angewöhnen, damit ich nicht mehr so leicht zu fraggen bin.

Dr. chmul: Unerwartet clevere Strategie.

[SNC]witch: Danke. Wieso unerwartet?

Dr. chmul: Na ja, ich meine, für eine Frau ...

[SNC]witch: Das reicht! Ich bin hier Frauenbeauftragte. Stellen Sie sofort diese frauenfeindlichen Bemerkungen ein!

Dr. chmul: Ooops, naja, war ja nicht so gemeint, nicht wahr, alte Schabracke.

[SNC]witch: WIE BITTE?

Dr. chmul: Ich sagte, das war ja so gemein, ich hätte einen Schlag auf die Backe verdient.

[SNC]witch: Können wir uns jetzt mit meinem Problem befassen?

Dr. chmul: Au ja, befassen ist gut ...

biiing

[SNC]witch: Was war das?

biiing

Dr. chmul: Das ist das Gerät mit dem **biiing**. Falls einer von der Verwaltung vorbei kommt!

[SNC]witch: ?

biiing

[SNC]witch: Können Sie mir helfen, das Rumgehüpfe nervt.

Dr. chmul: Wem sagen Sie das? Ich bin schon ganz irre.

[SNC]witch: Wem sagen Sie das? Also, gibt es ein Gegenmittel?

Dr. chmul: Ja, so etwas gibt es tatsächlich.

[SNC]witch: Ja und? Wie heisst es?

Dr. chmul: Das ... ... Gegen... ... mittel ... ... heißt ... ...

[SNC]witch: Wieso reden Sie plötzlich so langsam?

Dr. chmul: Moment noch.

[SNC]witch: Boah ey, Sie gehen mir vielleicht auf die Nerven. Wie heißt das Gegenmittel.

Dr. chmul: Eine Sekunde noch.

[SNC]witch: O.K., die Sekunde ist vorbei, was ist ...

Dr. chmul: So, tut mir leid, die Zeit ist um. Ich muss weg!

Lassen Sie mich durch, ich bin Arzt!

biiing

Dr. chmul vs. [SNC]jabberj

Ihn zu vergessen ist ebenso unverzeihlich wie bei hexxlein: Nicht nur weil ich mit ihm zusammen meine ersten Gehversuche bei UT gemacht habe vor über 10 Jahren, sondern auch weil er das Cover meiner Bücher gestaltet hat. Und zwar auf einem Mac, einem Computer der Marke Apple. Nun ist ja bekannt, dass das die besten Rechner überhaupt sind. Nur mit UT liefen diese Computer eben nicht optimal. Diesem Umstand hatte Dr. chmul den Besuch von jabberj und seinem Alter Ego zu verdanken. ToSo, Snacketty, Aki usw. sind die Namen weiterer Spieler auf unseren Servern.

Lassen Sie mich durch, ich bin Arzt!

[SNC]jabberj: Ooops, Entschuldigung!

Dr. chmul: Sind Sie taub?

[SNC]jabberj: Wieso?

Dr. chmul: Nicht Sie, der Andere ...

b°°°: ?

Dr. chmul: WEG DA!

b°°°: hihihihihihi

Dr. chmul: Nehmen Sie Platz, beide!

b°°°: ?

Dr. chmul: Komm, vergisses! Was kann ich für Sie tun?

[SNC]jabberj: ToSo die Shock Rifle wegnehmen ...

Dr. chmul: Ähhh und sonst haben Sie keine Sorgen?

[SNC]jabberj: ... hm, doch ...

Dr. chmul: ... na ...?

b°°°: hihihi

[SNC]jabberj: Alle Maps außer Morpheus sollten vom Server gelöscht werden!

Dr. chmul: Nein, ich ....

b°°°: HIHIHI

Dr. chmul: Schnauze! Ich kann so nicht arbeiten!

[SNC]jabberj: Beruhigen Sie sich Doktor ...

b°°°: Ha!

[SNC]jabberj: Sie wollten wissen, weshalb ich Sie aufgesucht habe.

Dr. chmul: Ich weiß.

[SNC]jabberj: Dann brauch' ich's Ihnen ja nicht mehr erzählen.

Dr. chmul: Was?

[SNC]jabberj: Na, warum ich hier bin.

b°°°: Hahaha!

Dr. chmul: *%#"!* Doch!

[SNC]jabberj: Sie sagten doch, Sie wüssten ...

Dr. chmul: Ich meinte, ich weiß, dass ich wissen wollte, warum Sie mich aufgesucht haben.

[SNC]jabberj: Ahhhhja! Ähh ...

Dr. chmul: Also?

b°°°: HAHAHA!

[SNC]jabberj: Sagen Sie's mir, Sie sind der Arzt!

Dr. chmul: Sie haben ein Problem.

[SNC]jabberj: Ich habe viele Probleme.

Dr. chmul: Aha! Und welche?

[SNC]jabberj: AK, chmul, Feroxx, Snacketty, ToSo, hexxxlein, Brummelchen, San, Aki, Gobo, JensusUT, BK, TmN, Jumper, BigMäc und Superboy!

b°°°: Muaha!

Dr. chmul: Und das Problem liegt darin, dass Sie Ihre Position als Rocket-Gott gefährdet sehen?

[SNC]jabberj: Das meinen Sie doch nicht ernst.

Dr. chmul: Natürlich meine ich das. Und nennen Sie mich nicht Ernst!

b°°°: Muahahaha!

[SNC]jabberj: Nein, ich meine diese Vermutung ist lächerlich, die haben doch keine Chance.

Dr. chmul: Und was ist der wirkliche Grund?

b°°°: MUAHAHARHAHAR! MAC MAC, APPLE, WIR SIND DIE MAC, WIDERSTAND IST ZWECKLOS!

[SNC]jabberj: Ich werde wegen meines Computers diskriminiert. Ich habe einen Mac!

Dr. chmul: Aha, die Sache ist klar, in einem Akt des Selbstschutzes negieren Sie defensive Gefühle und erschaffen daraus diesen b°°°.

b°°°: Wir sind die MAC, Widerstand ist zwecklos, MUAHHAHA-RHARharhar...röchel

[SNC]jabberj: Ja, äähhh, und was kann ich dagegen ....

Dr. chmul: Tut mir leid. Die Zeit ist um. Ich muss weg!

Lassen Sie mich durch, ich bin Arzt!

Dr. chmul vs. chmul

Neben Dr. chmul und dem Foren-Nutzer chmul gibt es auch den UT-spielenden [SNC]chmul. Letzterer fand sich eines Tages ebenfalls bei Dr. chmul ein, weil er ein Problem hatte. Bei UT kann man die Karten (oder Maps) auf denen man sich bewegt, nicht nur selbst erstellen, sondern auch die Position der Waffen und die Zahl sowie die Position der Computergegner festlegen. Irgendwann entwickelte sich auf einer solchen Karte ein fragwürdiger Wettbewerb. Wer schaffte es schneller 999 Computergegner zu erwischen? Man mag zu solchen Ballerspielen, Ego-Shootern oder Killerspielen stehen wie man will, dieser Wettbewerb war nichts anderes als eine sinnlose Ballerei. Was natürlich nicht bedeutet, dass man es einfach so sein lassen kann.

Lassen Sie mich durch, ich bin Arzt!

Dr. chmul: Nehmen Sie doch Platz!

[SNC]chmul : Wieso?

Dr. chmul: Gleich hier auf der Couch, schön bequem!

[SNC]chmul: Was soll ich eigentlich hier? Ich bin doch nicht bekloppt ...

Dr. chmul: Das sagen alle.

[SNC]chmul: WIE BITTE?

Dr. chmul: Ich sagte "bekloppt" sei ein recht allgemeiner Begriff und wir haben ja alle unsere Macken, nicht wahr?

[SNC]chmul: Sie auf jeden Fall. Also, ich liege. Und jetzt?

Dr. chmul: Erzählen Sie mir alles!

[SNC]chmul: Also am Anfang war die Erde noch eine Feuerkugel, dann kamen die Dinos und wurden zu Öl. Dann kamen die Scheichs und kauften alle Mercedes Benzes.

Dr. chmul: Äääh, ja, ich meine: Erzählen Sie mir etwas, das ich noch nicht weiß!

[SNC]chmul: Soviel Zeit hab' ich aber jetzt wirklich nicht.

Dr. chmul: Mir ist UNbehaglich, wenn Sie so feindseelig reagieren. Ich bin nicht Ihr Feind!

[SNC]chmul: Schon klar, sonst hätte es schon einen "Headshot'" gesetzt.

Dr. chmul: Aha!

[SNC]chmul: Was "aha"en Sie da rum?

Dr. chmul: Wir kommen zum Thema.

[SNC]chmul: Zu welchem Thema?

Dr. chmul: Sagen Sie's mir!

[SNC]chmul: Keine Ahnung wovon Sie reden.

Dr. chmul: Das passiert mir häufiger. Also anders: Wissen Sie warum Sie hier sind?

[SNC]chmul: Meine Mami und mein Papi hatten sich mal ganz, ganz lieb und ...

Dr. chmul: Äähh nein, ich meine hier bei mir ... in Behandlung.

[SNC]chmul: Wegen UT?

Dr. chmul: Genauer?

[SNC]chmul: Die Trainingsmap?

Dr. chmul: Noch genauer?

[SNC]chmul: Die 999-Frags-Rekordjagd?

Dr. chmul: Ja, darum geht's hier und jetzt.

[SNC]chmul: Aha, und?

Dr. chmul: Ist es nicht krank, was Sie da tun?

[SNC]chmul: Sagen Sie's mir, Sie sind der Arzt!

Dr. chmul: Könnten Sie sofort aufhören, wenn Sie wollten?

[SNC]chmul: Klar, kein Problem, hab' ich schon einmal gemacht!

Dr. chmul: Und?

[SNC]chmul: Naja, es war noch niemand auf dem Server und ich wusste, dass ich noch ein paar Sekunden rausholen könnte ...

Dr. chmul: Sie sind rückfällig geworden. Und das obwohl Sie Ihren Mitfraggern angekündigt haben sich zurück halten zu wollen.

[SNC]chmul: Ja, aber ...

Dr. chmul: Nix "aber"! Nicht genug damit, dass Sie es toll finden eine halbe Stunde Ihren Finger auf die Maustaste zu pressen, nein, Sie enttäuschen auch Ihre Mitspieler.

[SNC]chmul: Ja, aber ...

Dr. chmul: Nix "aber"! Die Boardleitung kann und will dieses Verhalten nicht weiter dulden. Entweder Sie üben sich in Enthaltsamkeit ...

[SNC]chmul: Oder?

Dr. chmul: Oder, Sie kommen in die geschlossene Abteilung. Keine Bots, keine Frags!

[SNC]chmul: Ja, aber ...

Dr. chmul: Was "aber"?

[SNC]chmul: Wollen Sie wirklich, dass jabberj oder ein anderer Freak den Rekord hält?

Dr. chmul: Ist das denn wahrscheinlich?

[SNC]chmul: Nee, das nicht, aber ...

Dr. chmul: Na, also! Halten Sie sich zurück, sonst wird das ernsthafte Folgen für Sie haben!

[SNC]chmul: Ja, aber...

Dr. chmul: Tut mir leid, die Zeit ist um. Ich muss weg.

Lassen Sie mich durch, ich bin Arzt!

Dr. chmul vs. Astrominus (2)

Eines Tages verirrte sich auch eine weitere Größe des Forums in die Praxis. Nämlich der Chefredakteur unserer Boardzeitung. Wobei es ob seines Körperbaus irreführend ist, von Größe zu sprechen. Aber das nur am Rande. Fakt ist es gab im ersten Buch bereits eine Abschrift der damaligen Sitzung. Inzwischen ist auf dem Dachboden der ehemaligen Praxis ein weiteres Protokoll gefunden worden. Nach aktuellem Stand der Dinge muss Astrominus eine Geschichte über Dr. chmul in Umlauf gebracht haben, die selbstverständlich frei erfunden war. So war es nur logisch, dass sich bald darauf ein weiteres Treffen zwischen Dr. chmul und Astrominus ereignete. Wichtig zu wissen ist dabei noch, dass der Forennutzer t_matze ebenfalls schon einmal bei Dr. chmul war. Dieser Forennutzer fiel vor allem durch seine penetrant positive Art auf und war darüber hinaus auch zwanghaft nett.

Lassen Sie mich durch, ich bin Arzt!

Dr. chmul: Schwester Margit? Da hat ein Patient sein Spielzeug liegen lassen.

Astrominus: Ich bin kein Spielzeug!

Dr. chmul: Oh, entschuldigen Sie. Was kann ich für Sie tun?

Astrominus: Erinnern Sie sich nicht an mich?

Dr. chmul: Hm, nein. Sollte ich? Oder doch warten Sie, irgendetwas kommt mir bekannt vor ...

Astrominus: Mein Gesicht?

Dr. chmul: Gesicht, nein, zu ... na ja ... lassen wir das. Nein, die Frisur, die war's!

Astrominus: Meine Frisur?

Dr.chmul: Nun, das was davon übrig ist. Schwamm drüber! Was kann ich für Sie tun?

Astrominus: Mir helfen?

Dr. chmul: Oh ja, das klingt gut, das machen wir!

Astrominus: Wir?

Dr. chmul: Ich und ein Team von Spezialisten.

Astrominus: Spezialisten?

Dr. chmul: Für besondere Fälle!

Astrominus: Für besondere Fälle?

Dr. chmul: Hallo Echo!

Astrominus: ??

Dr. chmul: Vergessen Sie's, nur ein Test! Was kann ich für Sie tun?

Astrominus: Sie wollten mir mit einem Team von Spezialisten helfen.

Dr. chmul: Helfen? Wobei?

Astrominus: *Argh* Bei meinem Problem! Beim letzten Mal mussten Sie weg, bevor Sie mir einen Rat geben konnten.

Dr. chmul: Gut, dass Sie mich daran erinnern, ich muss weg.

Astrominus: Nix da, Sie bleiben hier!

Dr. chmul: Oaah man ey, langsam frage ich mich wirklich warum alle Welt zu mir kommt.

Astrominus: Glauben Sie mir, dass fragen sich die meisten Ihrer Patienten auch!

Dr. chmul: Wie meinen Sie das?

Astrominus: Das würden Sie sowieso nicht verstehen. Ich glaube ich bin ein zu netter Chef. Meine zu Recht unbezahlten Mitarbeiter sind nichts als arbeitsscheues Gesindel!

Dr. chmul: Wo wir gerade beim Thema "nett" sind. Sie waren nicht zufällig kürzlich in meinem Stammsupermarkt?

Astrominus: Ich, wieso?

Dr. chmul: Und haben dort mit dem Filialleiter gesprochen?

Astrominus: Kann schon sein!

Dr. chmul: Und haben ihn auf mich angesetzt?

Astrominus: Möglich.

Dr. chmul: Dacht' ich's mir doch. Dieses lebensgroße Teletubby an der Kasse kam mir gleich bekannt vor.

Astrominus: Ich hoffe das war Ihnen eine Lehre.

Dr. chmul: Selbstverständlich, ich bin ein besserer Mensch geworden.

Astrominus: Das kann jeder sagen!

Dr. chmul: Ich beweise es Ihnen und helfe Ihnen dieses Mal wirklich!

Astrominus: Echt jetzt?

Dr. chmul: Ja, ich mache aus Ihnen einen richtig bösartigen, negativen Boss!

Astrominus: Das ist ja wunderbar, das habe ich mir immer gewünscht.

Dr. chmul: Ist ja gut, fangen Sie nicht gleich an zu flennen, Sie Jammerlappen.

Astrominus: WIE BITTE?

Dr. chmul: Ich sagte, mit der richtigen Medizin wird es schon klappen.

Astrominus: Eine Medizin! Was ist es?

Dr. chmul: Ein Heilmittel zur Bekämpfung von Krankheiten ...

Astrominus: Ich wollte wissen, was das für eine Medizin ist.

Dr. chmul: Ein T-Extrakt. Moment, nur ein kleiner Pieks und es wird Ihnen gleich besser gehen ...

Astrominus: Von welchem Tee stammt denn das Extrakt?

Dr. chmul: Von t_matze! Spüren Sie schon die Wirkung?

Astrominus: Es ist heller hier drin, stimmt's? Sonnenüberflutet. Soo schöön!

Dr. chmul: Kommen Sie, ich bringe Sie zur Tür!

Astrominus: Das ist nett, Herr Doktor. Ich wünsche Ihnen noch einen guten Tag.

Dr. chmul: Vielleicht sollten Sie Ihren Mitarbeitern ab sofort Gehalt zahlen.

Astrominus: Jaa! Welch entzückende Idee.

Dr. chmul: Und die Büros tauschen?

Astrominus: Noch besser, Sie sind ein Genie, Doktor.

Dr. chmul: Is ja gut! Und jetzt hören Sie auf meine Hand zu küssen und verschwinden Sie!

Astrominus: Gerne! Danke! Ich werde Sie weiterempfehlen. Leben Sie wohl! *träller*

Lassen Sie mich durch, darauf muss ich einen trinken!

Dr. chmul vs. dad1881

Eine gewisse Zeit lang wurde unser Forum von Nutzern besucht, deren Namen Zahlen enthielten. Das ist an sich nichts Ungewöhnliches, schließlich wird im Internet häufig vorgeschlagen "chmul12" zu wählen, wenn "chmul" schon vergeben ist. dad1881 war einer jener Nutzer, die das Forum überwiegend dazu benutzten sinnlose Beiträge zu verfassen und/oder an ebenso fragwürdigen wie endlosen "Spielen", wie zum Beispiel der Wortkette, teilzunehmen. Teilweise auch, um die eigene Beitragszahl zu erhöhen. Interessanterweise fanden sich weitere Nutzer mit Zahlen ein und legten ein ähnliches Verhalten an den Tag. Das führte am Ende zur Sperrung einiger Nutzer. Klar, dass Dr. chmul auch mit dem Problem konfrontiert wurde.

Lassen Sie mich durch, ich bin Arzt!

Dr. chmul: Der Nächste bitte!

Dad1881: Tach Herr Doktor, na wie geht's?

Dr. chmul: Moooment, das ist *mein* Spruch, schließlich bin ich der Arzt und Sie der ...

Dad1881: Langsam, langsam!

Dr. chmul: Moooooooomeeeent, daaas iiist ...

Dad1881: Nein, so meine ich das nicht.

Dr. chmul: Wie denn?

Dad1881: Kürzer, kürzer!

Dr. chmul: Mmt, ds st mn Sprch. Besser so?

Dad1881: Nein, sie müssen kürzere Sätze machen, damit ich folgen kann.

Dr. chmul: Ach so!? Ok, was kann ich für Sie tun?

Dad1881: Es hat was mit der Person über mir zu tun.

Dr. chmul: Über Ihnen?

Dad1881: Genau, der will immer das letzte Wort haben ...

Dr. chmul: Meinen Sie Gott oder vielleicht Ihr Über-ich?

Dad1881: Nee, die haben doch gar keine Nummern!

Dr. chmul: ?

Dad1881: Na, ich meine Hardy04 oder cross-tiger79.

Dr. chmul: Und die sind also über Ihnen und wollen immer das letzte Wort haben?

Dad1881: Genau und dann geht auch noch das Licht immer an und aus.

Dr. chmul: Handelt es sich vielleicht um einen Wackelkontakt?

Dad1881: Nein, das hat nichts mit Strom zu tun.

Dr. chmul: Ich spreche auch nicht vom Licht! Noch was?

Dad1881: Die Filmkette.

Dr. chmul: Und das Zählen, richtig?

Dad1881: Nee, da war ich zu spät. *heul*

Dr. chmul: Und was soll ich jetzt tun?

Dad1881: Keine Ahnung, Sie sind doch Arzt! Allerdings komischerweise ohne Nummer.

Dr. chmul: Ok, wo genau liegt denn nun das Problem?

Dad1881: Isch 'abe gar kein Probläm!

Dr. chmul: Und warum sind sie dann hier?

Dad1881: Weil es sicherer ist.

Dr. chmul: Sicherer?

Dad1881: Ja, der andere ist Chirurg. Zumindest fast. Auch ohne Nummer übrigens.

Dr. chmul: Welcher andere? Wieso sicherer? Wovon reden Sie überhaupt?

Dad1881: Internetboard - Boardregeln - Regelverstoß - Stoß vor den Kopf - Kopfverletzung - Verletzungs ...

Dr. chmul: HALLO?

Dad1881: Ääh 'tschuldigung, das ist mir nur so rausgerutscht.

Dr. chmul: Also?

Dad1881: Was also?

Dr. chmul: Warum ... sind ... Sie ... zu ... mir ... ge ... kom ... men?

Dad1881: Weil ich spamme!

Dr. chmul: Wie die Römer?

Dad1881: Die spinnen, die Römer!

Dr. chmul: Rassist!

Dad1881: Nein, mir wird vorgeworfen das Board vollzumüllen.

Dr. chmul: Ach und da dachten Sie, besser Dr. chmul als das Board, oder was?

Dad1881: Nein, man sagte mir, Sie könnten mich heilen.

Dr. chmul: Heilen? Ich? Das wäre das erste Mal ...

Dad1881: Ich denke Sie sind Doktor.

Dr. chmul: Jaa, aber ohne Nummer! Ha!

Dad1881: Vielleicht haben Sie ja irgendwelche Tabletten.

Dr. chmul: Klar, aber die brauch' ich selber! Ich kann nichts für Sie tun.

Dad1881: Eines könnten Sie tun ...

Dr. chmul: Und das wäre?

Dad1881: Mitspielen! Ich hab' da noch ein paar ganz tolle ...

Lassen Sie mich durch, ich spiele Arzt!

Dr.chmul vs. digitaldouchebag

In einem Forum gibt es immer Menschen, die einen unterschiedlichen Stil bei der Kommunikation pflegen. Ob Verschwörungstheoretiker, Überalles-Nörgler oder Besserwisser. Alle haben Ihre eigene Art Themen zu diskutieren. Vor einiger Zeit ergab es sich einmal, dass ein Nutzer des Forums einen Schreck bekam, weil er ohne mit den entsprechenden Rechten ausgestattet zu sein, einen Beitrag eines anderen Nutzers geändert hatte. Das hatte er aber gar nicht. Er kam lediglich nicht so gut mit der Zitatfunktion des Forums zurecht. Aus diesem Umstand entspann sich eine Diskussionen in der teilweise sogar Vorwürfe aufkamen, ein Teilnehmer nähme mit mehreren Nutzerkonten am Gespräch teil. Das war natürlich ein neuer Fall für Dr. chmul.

Lassen Sie mich durch, ich bin Arzt!

Dr. chmul: Und Astro, was haben wir?

Astrominus: Oh Doktor es ist furchtbar. Ein Haufen Boardies läuft Amok!

Dr. chmul: Mach Dich locker mein Kleiner, so schlimm wird es schon nicht sein. Keine Panik!

Astrominus: Aber da sind auenteufel, ZuluDC, Rev. Bumszack ...

Dr. chmul: Oh oh!

Astrominus: ... unsteady ...

Dr. chmul: Oh nein!

Astrominus: ... u un und ... digitaldouchebag!

Dr. chmul: O.K., doch eine Panik! Was genau ist passiert? Keine Einzelheiten, nur die Details, uns läuft die Zeit davon!

Astrominus: Also doch so schlimm?

Dr. chmul: Ja, ich habe noch einen Termin für eine Beinenthaarung. Sperren Sie das Gebiet weiträumig ab, schaffen Sie die Gaffer hier weg und bringen Sie mir diesen Unruhestifter mit dem unaussprechlichen Namen in meine Praxis!

Astrominus: oxfort, weissnix, Madame?

Dr. chmul: Argh! Nein, diesen Digitalen Kulturbeutel.

Astrominus: Hä?

Dr. chmul: Na diesen Didschitell Duuschbähg.

Astrominus: Geht klar! So Leute, Ende der Party, bitte geht nach Hause, hier gibt es nichts mehr zu sehen!

Einige Zeit später in chmuls Praxis!

Dr. chmul: Und Astro, was haben wir?

Astrominus: Gemeinsame Bekannte?

Dr. chmul: Nein, ich meine wen haben Sie mir da mitgebracht?

Astrominus: digitaldouchebag.

Dr. chmul: Was, sind Sie wahnsinnig? Was soll der hier, der Mann braucht dringend einen Arzt!

Astrominus: Aber Sie *sind* doch Arzt! Und Sie wollten ihn sprechen!

Dr. chmul: Aha. O.K.. Na dann. Setzen Sie sich!

digitaldouchebag: Ich weiß überhaupt nicht, warum ich hier bin.

Dr. chmul: Das ist ein schlechtes Zeichen.

digitaldouchebag: Wieso?

Dr. chmul: Weil Sie dabei waren, als Astro Sie hierher gebracht hat.

digitaldouchebag: Nein, ich meine den Grund, weshalb Sie mich sprechen wollten.

Dr. chmul: So kommen wir nicht weiter.

digitaldouchebag: Wie?

Dr. chmul: Es hat keinen Zweck sich dumm zu stellen. Wir wissen alles!

digitaldouchebag: Ich stelle mich nicht dumm, ich bin ...

Dr. chmul: ... dumm?

digitaldouchebag: Nein, ich bin mir nur nicht im Klaren darüber, was das alles hier soll. Und wovon wissen Sie alles und wer ist "wir"?

Dr. chmul: Wir sind Borg, Widerstand ist zwecklos! Aber das tut jetzt nichts zur Sache, es geht um Ihren kläglichen aber dennoch chändlilchen Versuch das Board zu hacken!

digitaldouchebag: Wie bitte?

Dr. chmul: Und um Ihren Hörschaden!

digitaldouchebag: Argh! Ich soll das Board gehackt haben? Das ist nicht wahr, ich habe etwas falsch verstanden!

Dr. chmul: Das würde ich in Ihrer Lage auch behaupten.

digitaldouchebag: Das ist die Wahrheit. Sie müssen mir glauben!

Dr. chmul: Es spielt keine Rolle, ob *ich* Ihnen glaube, Sie müssen den Richter überzeugen.

digitaldouchebag: Den Richter? Ich habe doch gar nichts getan!

Dr. chmul: Hören Sie auf zu winseln, das ist ja unerträglich. Sie haben sich Schreibrechte für Beiträge anderer Boardies erschlichen!

digitaldouchebag: Das ist nicht wahr. Ich *dachte*, ich hätte es getan.

Dr. chmul: Ha, Sie geben also zu die Tat geplant zu haben.

digitaldouchebag: Nein, es geht darum, dass ich die Quote-Funktion nicht verstanden hatte.

Dr. chmul: Was gibt es da nicht zu verstehen? Das ist ein ganz normaler Teil des Verdauungsvorganges.

digitaldouchebag: Nein, nicht Kot-Funktion. Quote im Sinne von zitieren.

Dr. chmul: Sie dürfen mich nur als anonyme Quelle zitieren, ansonsten streite ich alles ab.

digitaldouchebag: Das ist doch alles Irrsinn.

Dr. chmul: Gutes Stichwort. Sie könnten auf Unzurechnungsfähigkeit plädieren.

digitaldouchebag: Ich habe mir nichts vorzuwerfen!

Dr. chmul: *Sie* nicht, das machen andere!

digitaldouchebag: Sie meinen dieses korrupte Politikerpack ...

Dr. chmul: Ja, das ist gut!

digitaldouchebag: ... und diese geldgierigen Wirtschaftsbosse ...

Dr. chmul: Das ist perfekt!

digitaldouchebag: ... und ihre abgehobenen Banker und Berater.

Dr. chmul: Ja, super! Damit bekommen Sie 100%ig einen Freispruch!

digitaldouchebag: Nein, das ist mein Ernst!

Dr. chmul: Von mir aus, ich habe einen eigenen.

digitaldouchebag: Was?

Dr. chmul: Vergessen Sie's, jetzt ist nicht die Zeit für Sentimentalitäten. Wir müssen handeln!

digitaldouchebag: Sicher nicht, dann begäbe ich mich ja auf die gleiche Stufe wie diese Börsenfuzzis.

Dr. chmul: Nein, wir müssen etwas tun damit Sie nicht lebenslang hinter Gittern landen.

digitaldouchebag: Und was schwebt Ihnen da vor?

Dr. chmul: Halten Sie sich in den nächsten Wochen einfach ein wenig zurück. Tauchen Sie unter und ...

digitaldouchebag: Und?

Dr. chmul: ... zitieren Sie vorläufig nicht mehr!

digitaldouchebag: Untertauchen und zurückhalten?

Dr. chmul: Ja genau! Bekommen Sie das hin? Es wäre zu Ihrem Besten!

digitaldouchebag: Doch doch, das klappt schon! Ich fange sofort damit an.

Dr. chmul: Gut, dann sind Sie auf dem richtigen Weg.

ZuluDC: Danke Doktor, Sie haben mir sehr geholfen!

Lassen Sie mich durch, ich bin Arzt!

Neulich im Büro

Das Leben ist hart. Das ist nicht nur ein Spruch, es ist die brutale Wahrheit. Und Teil dieser Wahrheit ist der ständige Kampf ums Überleben. Fressen und gefressen werden, jeder Fehler kann der letzte sein, das Leben ist nicht nur hart, nein es ist auch gnadenlos. Natürlich macht man Fehler, wenn man permanent einem solchen Druck ausgesetzt ist und einige dieser Fehler sind weniger dramatisch als lehrreich. Aber dann sind da auch die Fehler, die unverzeihlich sind und deren Konsequenzen im wahrsten Sinne des Wortes tödlich sind. Wie also kommt die Spinne auf den Gedanken, ihr Netz ausgerechnet im Becken des Pissoirs zu spannen?

DANKE

So, das hätten wir. Fast. Ein Dank muss aber noch sein. Nicht "weil man das so macht", sondern weil es mir ein Bedürfnis ist.

Alle, die jemals über einen meiner Scherze gelacht haben (oder zumindest den glaubhaften Eindruck vermittelt haben, belustigt zu sein), haben dazu beigetragen, dass ich diese Geschichten schreibe. Die Leser meines ersten Buches haben einen großen Anteil daran, dass ich es nicht dabei habe bewenden lassen und weiter meine Erlebnisse in Worte kleide. Besonders wichtig war auch das Feedback der Supernature-Nutzer (www.supernature-forum.de). Dafür bin ich dankbar.

Und dann gibt es noch einige Menschen, die entweder sehr wichtig für mich sind und/oder bei der Entstehung dieses Buches einen Beitrag geleistet haben.

Lynda ist nicht nur die vermutlich witzigste (nicht winzigste) Frau der Welt. Neben vielen anderen Dingen gebührt Ihr auch Dank dafür, dass sie für mich ein nicht enden wollender Quell von Anregungen für neue Geschichten ist. Sie hat mein Leben nämlich komplett auf den Kopf gestellt, Stichwort "VA-171110". Und was soll ich sagen, das ist auch gut so.

Dann geht ein Dank an meine Eltern, meine Schwester und meinen Sohn. Sie haben einen großen Anteil daran, dass ich geworden bin was ich bin. Und weil ich meine Geschichten so schreibe wie ich sie schreibe weil ich bin wie ich bin, haben die vier hier indirekt mitgearbeitet.

Ein langjähriger Weggefährte im Forum und zu UT-Zeiten soll ebenfalls gebührend geehrt werden. Björn hat ein super Cover für mein erstes Buch gestaltet und auch mit den Umschlagseiten für dieses Buch eine tolle Arbeit abgeliefert. Vielen Dank dafür.

Ein besonderer Dank geht an Therese sowie Tina für das Korrekturlesen. Und auch an Alexandra für die Vermittlung von Tina.

Und auch wenn die Bindungen sich über die Jahre abgeschwächt haben, so möchte ich auch in diesem Buch danke sagen für die Freundschaft von Uli, Thomas, Thomas und Robby. Euch danke ich für die vielen, vielen Erlebnisse unserer gemeinsamen Zeit. Dazu ein paar Stichworte:

Dartpfeile in der Hand, gegrillte Landjäger, Winnetou vor Volterra, Camping Paradiso, Drahtstühle und Schalbretter, Matratzenkeller, in Wände geritzte Namen, die Erfindung des Topfes, Zucker als Gegenmittel bei versalzenen Speisen, Manfred Mann auf einem Guillotinen-Plattenspieler, die beste Silvesterparty aller Zeiten, Zollkontrollen mit Mercedes, Kettcar in der DOB, Getränkeshop, Weinkeller, Karotten im Plattenladen, Kollersaal und Café Verkehrt, Bleistifttest, Partykeller, Frisbee-Golf, Trennungsschmerz, brennende Papierflieger, Rennen im Forellenbächle, Löffel am Schlüsselbund, fliegende Äxte, Brille mit Fensterglas, blaues Gummibärchen, Tiefenhäusern, Eisdiele, LET und LETD, Sackratrap und Crime de Sabine, Braunwald und Glühwürmchen, Ketchup-Drink, Jeansjacken und Dschingis Kahn, Alround und Coke-Lampen, Hermann Hesse und John Sinclair, Jon Lord, Geheimverstecke im Speicher, Tiefkühlpizza, Maybar und Toplader-Videorecorder.

Mein erstes Buch mit dem Titel "Es hat ja keiner behauptet, das Leben sei einfach" ist unter der ISBN-Nummer 978-3837036701 im Handel und online erhältlich.

Lightning Source UK Ltd.
Milton Keynes UK
UKHW021310210819
348342UK00013B/1312/P